# セツアンの善人
# 三文オペラ

ベルトルト・ブレヒト

酒寄進一 訳

目次

セツアンの善人／三文オペラ

# セツアンの善人

協力者　ルート・ベルラウとマルガレーテ・シュテフィン

寓意劇『セツアンの善人』は一九三八年にデンマークで書きはじめ、一九四〇年にスウェーデンで書き上げた「試み」二十七番である。――セツアンという地方は人間が人間を搾取する場所を象徴する寓意的な場として想定したものだが、今やそういう場所ではなくなった。――この劇はこれまでチューリヒとフランクフルト・アム・マインで上演された。フランクフルト公演での舞台装置の草案はテオ・オットー[1]がおこなった。そのときの音楽はパウル・デッサウ[2]が作曲した。

## 登場人物

三柱の神々
シェン・テ
シュイ・タ
ヤン・スン　失職中の飛行士
ヤン夫人　ヤン・スンの母親
ワン　水売り
理髪店のシュー・フー
大家（女）　ミー・チュウ
未亡人のシン
八人家族
建具職人　リン・トー
絨毯商とその妻
警官
僧侶
失業者
給仕
序幕の通行人たち

## 場所

半ば西欧化されたセツアンの都

# 序幕

## セツアンの都の通り

夕暮れ、水売りのワンが観客に自己紹介する。

ワン　あっしはセツアンの都で水売りをやってるワンでさあ。あっしの商売はなかなか思うようにいかない。水が少ないと、遠くまで汲みにいくっきゃないし、水が有り余るほどありゃあ、今度は商売上がったり。そもそもこのあたりは、食うにも困るありさま。まあ、あとは神頼みって、みんな観念してる。ところが、なんとまあ、うれしいじゃないか。諸国を経巡っている家畜商の話じゃ、とびきりお偉い神さまが地上に舞いおりて、ここセツアンに足を運ぶかもしれないっていうんだ。天までとどく嘆きの多さに、神さまたちもさすがに見て見ぬ振りはできなくなったようだね。てわけで、あっしはこの三日というもの、いの一番に挨拶しようと町の入口で待ってるってわけさ。とくに夕方にね。タイミングを逃したら、お偉方が神さまを囲んだり、みんなが殺到したりするだろうから、こちとらに挨拶の機会はないだろう。神さまをうまく見分けられるといいけどな！　連れだってくるとはかぎらないだろうな。目立たないように、ばらばらに来るかもね。あそこを歩いてる奴ら、ちがうな。ありゃあ、仕事帰りだ。（ワンは通りすぎる労働者たちを見つめる）猫背だ。ありゃ、いつも重い荷物を担いでるな。あそこの奴も神さまのはずがない。指が墨で汚れてる。よくてセメント工場の事務員てところだな。こっちの旦那衆も（ふたりの紳士が通りすぎる）神さまには見えない。すぐに暴力に訴える残忍な顔つき。神さまがすることじゃない。おっ、あそこの三人はどうだい！　見た目が他の連中とちがうぞ。ぽっちゃりしていて、おっとり構えてる。履きものが埃だらけなのは遠くからきた証拠だ。きっと神さまだ！　なんなりとお申し付けくださいい、やんごとなき、みなみなさま！（ワン、額《ぬか》ずく）

一の神　（喜んで）来ることがわかっていたのか？

ワン　（水を差しだす）長いことお待ち申しあげておりました。でも、知っているのはあっしだけです。

一の神　では、今夜はこの地に泊まるとするか。一宿一飯の心当たりはあるかな？

ワン　一宿一飯？　もっと長く滞在してくださいな！　町を上げてお仕えいたします！　どんな宿がお望みでしょうか？

（神々は意味ありげに顔を見合わす）

一の神　では手近なところですますとしよう！　一番近いところで訊いてみてくれないかね！

ワン　少々気がかりなのは、お偉方に声をかけないと、目をつけられやしないかってことでして。

一の神　だから、一番手近なところと言ったのだ！

ワン　あそこのフォーさんの家にしましょう！　少し待っていてください！（ワンは一軒の家へ走っていき、どんどんと戸を叩く。戸は開くが、断られているのが見える。ワンはしょんぼり戻ってくる）

ワン　ついていないです。フォーさんは留守でした。使用人は、旦那の指示がなければなにもできないの一点張りで。旦那は厳しいんです。だけど、だれを追い返したか知ったら、旦那はかんかんに怒るでしょう。ですよね？

神々　（微笑みながら）いかにも。

ワン　じゃあ、もうちょいとお待ちください！　お隣は未亡人のスーさんの家です。スーさんはきっと大喜びします。（ワンはそっちへ駆けていく。しかし、そこでも断られたようだ）

ワン　あっちで訊いてきます。スーさんのところは、小さなひと間の家で、片づいていないんだそうです。チェンさんに当たってみます。

二の神　だが小さな部屋で充分なのだ。すぐ行くと言ってくれ。

ワン　部屋を片づけなくてもいいんですか？　クモがうようよしてるかも。

二の神　構わない。クモがいるなら、ハエに煩わされないだろう。

三の神　（ワンにやさしく）チェンさんのところでもどこでもいい。わたしはクモがあまり好かないがな。

（ワンはまた別の戸を叩き、中に入れてもらう）

家の中から声　おまえの神さまなんて願いさげだね！　こっちは大変なんだ！

ワン　（神々のところに戻ってくる）チェンさんはお冠です。親戚が大挙して押しかけてるから、神さまをねぎらう余裕はないそうです。ここだけの話ですが、親戚の中にろくでもない奴らがおりまして、神さまに見せたくないんですよ。みなさまにどう思われるか戦々恐々。まあ、そういうことです。

三の神　われわれはそんなに怖がられているのか？

ワン　悪党には罰を与えるじゃありませんか。クワン地方がこの数十年、洪水に見舞われてることは、だれもが知ってることでして。

二の神　そうなのかね？　どうしてなのだ？

ワン　それがですね、神さまをないがしろにした祟りなのです。
二の神　まさか！　堤防の補修をしなかっただけに決まってる。
一の神　しっ！（ワンに）それで宿は見つかりそうかな？
ワン　ご心配なく。もう一軒先に行けば、みなさまの宿が見つかります。みんな、お泊めしたくてうずうずしてるんですから。さっきのは運が悪かっただけです。ひとっ走り行ってきます！（ワンはためらいながら立ち去り、どこへ行ったらいいかわからず路上で立ち尽くす）
二の神　やはりな。
三の神　きっとまた運が悪かったとか言うのだろう。
二の神　シュンでもクワンでも運が悪かった。セツアンもだめか！　神を畏れる者などもういない。それが紛れもない真実だ。おふたりは現実から目を背けている。われわれの使命は果たせない。おふたりとも、認めなさい！
一の神　善人はいつ見つかるかわからない。諦めてはだめだ。
三の神　われわれの取り決めでは、立派な人生を歩む善人が充分に見つかれば、世界を今のままにすることになっている。水売りだって、そう悪くはない。（三の神は決心がつかずに立っているワンのところへ行く）
二の神　それはどうかな。水売りがお椀に水を入れてくれたとき、ちょっと気づいたことがある。これがそのお椀だ。（二の神、一の神にそれを見せる）
一の神　二重底か。
二の神　いかさま師め！

一の神　よし、よし、あいつは善人からはずそう。だがひとりくらい性根が腐っているからといって、どうだというのだ！　条件に合う善人は充分見つかるはずだ。なんとしても見つけなくてはな！「世界はこのままではいけない、こんな世界で善人でいられるわけがない」そう訴える声が二千年も前からある。いいかげんに、われわれの掟に従う人間の所在を突き止めなければ。

三の神　(ワンに) 宿を見つけるのはやはり無理ではないかね？

ワン　神さまのお宿ですよ！　なにをお考えなんですか？　すぐに見つからないのは、あっしのせい。探し方が下手くそなだけです。

三の神　そんなことはあるまいよ。(三の神、下がる)

ワン　すぐにわかります。(ワンはひとりの紳士に話しかける) 旦那さん、じつはとびきりお偉い神さまが三柱、ここにおいでなんですよ。何年も前からセツアンにやってくると噂されていた神さまが、本当においでになったんです。宿を求めておられるんです。ああ、行かないでください！　ご自分でお確かめください！　ひと目見るだけでいいんです！　どうかひとつ！　こんな機会はそうそうありゃしません！　だれかに横取りされる前に、お泊まりくださいと神さまを誘ってみちゃくれませんか。神さまは、いやと言わないでしょう。

(紳士、そのまま行ってしまう)

ワン　(別の紳士のほうを向く) 旦那、なんの話かお聞きでしたね。ひとつ泊めていただけませんか。御殿のような部屋じゃなくても結構。気持ちが大事なんです。

紳士　お前の言う神など、どういう神かわかったもんじゃない。そんなわけのわからない奴を泊められるもんか。

（紳士はタバコ店に入っていく。ワンは三柱の神々のところに戻ってくる）

ワン　どこかにきっと泊めてくれる御仁がいますって。

（ワンは地面にお椀が置いてあることに気づき、あわてて神々を見ると、お椀を拾い上げまた駆けだす）

一の神　期待薄だな。

ワン　（さっきの紳士が店から出てきたので）宿の件はいかがでしょうか？

紳士　俺自身、宿に泊まってるんだよ。

一の神　これは見つからないな。セツアンも忘れていいだろう。

ワン　三柱の主神さまなのです！　本当ですよ！　お寺の像と瓜二つ。早く行ってお招きすれば、たぶん泊まるとおっしゃるはずです。

紳士　（笑う）おまえが泊めろという連中はとんだ食わせ者にちがいない。（退場）

ワン　（紳士に罵声を浴びせる）このすっとこどっこい！　神さまが怖くないのか？　理不尽な奴は地獄の釜に放り込まれるがいい！　天罰が下るぞ！　後悔先に立たずだ！　子々孫々まで祟られるがいい。セツアンの恥さらし！　（間）こうなったら娼婦のシェン・テしかいないな。あの娘なら、いやとは言わないはずだ。

（ワンは「シェン・テ」と呼ぶ。二階の窓からシェン・テが顔をだす）

ワン　そこにいたか。あそこの神さまたちを泊めたいんだが、宿が見つからなくてな。ひと晩どうかな？

シェン・テ　無理だわ、ワン。これからお客が来るところなの。だけど、どういうことかしら。神さまの宿が見つからないなんて。

ワン　どうしてかはわからない。セツアンは腐ってる。

シェン・テ　じゃあ、お客が来ても居留守を使おうかしら。そうしたら帰るかも。外でもてなしてくれると言っていたんだけど。
ワン　それじゃ、上がらせてもらってもいいかい？
シェン・テ　でも、大きな声はださないでね。それより、あの方たちとはあけっぴろげに話していいの？
ワン　そりゃだめだ！　あんたの商売のことを知られちゃまずい！　下で待ってるよ。だけど、その客と出かけたりしないよな？
シェン・テ　でも、先立つものがいるのよね。明日の朝までに家賃をかき集めないと、追いだされるの。
ワン　そういう期待をしちゃだめだ。
シェン・テ　そうはいってもねえ。皇帝が誕生日を迎えた日でも、こっちは空きっ腹が鳴る。でもいいわ、泊めてあげる。

（二階の明かりが消えるのが見える）

一の神　見込みはなさそうだな。

（神々、ワンのほうに歩み寄る）

ワン　（自分の後ろに立っている神々に気づいてぎょっとする）宿が見つかりました。（ワン、汗をふく）
神々　そうなのか？　では行くとしよう。
ワン　そんなに急ぐことはありません。ゆっくり行きましょう。部屋の片づけもありますんで。
三の神　では、ここに腰を下ろして待つとしよう。
ワン　でも、ここは人通りが多いので、あっちに行きませんか。
二の神　われわれは人間を眺めるのが好きなのだ。そのために来たのだしな。

ワン　でも、ここは風が当たりますんで。
三の神　ここならいいかな？
　（神々は家の外階段に腰を下ろす。ワンは少し離れて、地面にしゃがみ込む）
ワン　（はずみをつけて）お泊まりいただくのはひとり暮らしの娘のところでして、その子はセツアン一の善人なんです。
三の神　それはいい。
ワン　（観客に向かって）さっきお椀を拾ったとき、神さまたちは変な目でこっちを見ていた。これはバレたかな？　神さまに合わせる顔がない。
三の神　ずいぶん疲れているようだね。
ワン　ほんのちょっと。駆けまわりましたんで。
一の神　この町で暮らすのは大変かね？
ワン　善人には大変ですとも。
一の神　（真面目に）そなたもかね？
ワン　おっしゃりたいことはわかっていますよ。あっしは善人じゃありません。だけど暮らしは楽じゃないです。
　（そうこうするうちに紳士がひとりシェン・テの家の前にあらわれて、何度か口笛を吹く。ワンはそのたびにびくりとする）
三の神　（小声でワンに）客は帰ったようだ。
ワン　（あわてて）たしかに。

（ワンは立ち上がって天秤棒と桶を置きっぱなしにして広場へ走っていく。だがそのあいだに次のことが起きている。待っていた男が立ち去ると、シェン・テが戸口から出てきて、「ワン」と小声で呼び、通りまでワンを探しにいく。ワンは小声で「シェン・テ」と呼ぶが、返事がない）

ワン　シェン・テにまで見放されたか。家賃を稼ぐために男と出かけたな。宿の話はおじゃんだ。神さまたちは疲れて待っている。うちに来てもらうわけにはいかないよな。だめだ！　こちとらのねぐらは土管。話にならない。それにインチキ商売をしてるとわかったから、うちには泊まらないだろう。これじゃ、なにがあっても戻るわけにいかない。だけど天秤棒と桶を置いてきちまった。どうしよう？　取りにいく勇気はない。こりゃあひとつ、この都からとんずらして、神さまの目のとどかないところに隠れるっきゃないな。あんなに崇めておきながら、なにもできないなんて。

（ワン、駆けだす）

（ワンがいなくなるとすぐ、シェン・テが戻ってきて、反対のほうを探して神々に気づく）

シェン・テ　もしかして神さまでいらっしゃいますか？　わたしはシェン・テと申します。わたしのところで構わなければ、喜んでお泊めします。

三の神　だが水売りはどこかね？

シェン・テ　行きちがいになったようです。

一の神　そなたがいなくなったと思って、われわれに顔向けができなくなったのだろう。

三の神　（天秤棒と桶を持ち上げる）これはそなたのところに置かせてもらおう。あの男には必要なものだ。

（神々、シェン・テの案内で家に入る）

（暗くなり、また明るくなる。朝ぼらけの中、神々はシェン・テの案内でふたたび戸口から出る。シ

（ワン・テはランプで神々の足元を照らす。神々とシェン・テは別れのあいさつを交わす）

一の神　シェン・テよ、そなたの親切には礼を言うぞ。われわれを受け入れてくれたことは決して忘れない。それと、水売りに商売道具を返してやってくれ。善人に引き合わせてくれたことに感謝すると伝えてくれるかな。

シェン・テ　わたしは善人などではありません。この際だから白状します。ワンさんに神さまを泊めてくれと頼まれたとき、心が揺れたんです。

一の神　迷っても、それに打ち勝てばいいのだ。いいかね。そなたはひと晩泊めた以上のことをしてくれた。この世にはもう善人などいないのではないかと疑う者が多い。神の中にもそういう者がいるほどだ。それを確かめるために、われわれは旅に出た。善人をひとり見つけられたのだから、これで安心して旅をつづけられる。では、ごきげんよう！

シェン・テ　待ってください。神さま、善人だなんて、自信がありません。善人になりたいのは山々ですが、気がかりなのは家賃が払えないことなんです。白状してしまいますと、わたしは体を売って生きているのです。それでも、生き抜くのは無理です。同じことに手を染める競争相手がたくさんいるからです。わたしはどんなことでもします。だれだってそうするでしょう。もちろん親孝行とか、真実一路とか、そういう掟を守って生きていけたらどんなに幸せかしれません。お隣を羨まずにすめば、こんなにうれしいことはありません。夫に誠心誠意尽くせたら、言うことありません。人をこき使ったりしたくありませんし、困っている人からものをむしり取るような真似もしたくありません。でも、どうすればいいのでしょうか？　掟を破る真似までしても、まともにやっていけないというのに。

一の神　シェン・テ、それこそが善人の抱える悩みだ。

三の神　ごきげんよう、シェン・テ！　水売りにくれぐれもよろしく。いい奴であった。
二の神　今頃、困っているやもしれんな。
三の神　頑張りなさい！
一の神　なにより善良であることを心がけるのだぞ、シェン・テ！　ごきげんよう！
（神々は手を振り、向きを変えて歩きだす）
シェン・テ　（不安そうに）でも自信がありません、神さま。なにをするにもお金がかかるのに、どうして善良でいられるでしょうか？
二の神　われわれにはどうもしてやれない。金勘定には口出しできぬのだ。
三の神　待たれよ！　しばし待つのだ！　この娘にもう少し金があれば、善人でありつづけるのも容易《たやす》くなるのではあるまいか。
二の神　しかし、なにも与えることはできない。責任が取れないからな。
一の神　いけないという法があるかな？
（神々は頭を寄せ合って激論を戦わす）
一の神　（シェン・テに向かって、気まずそうに）家賃が払えないそうだな。われわれは貧しいわけではない。一宿一飯の礼をしよう！　ほれ！（シェン・テに金を与える）だが、われわれからもらったことは、他言無用だぞ。誤解を生むかもしれんからな。
二の神　それは大いにある。
三の神　いいや、言っても構わんさ。われわれが宿代を払うことにはなんの支障もない。神々の決議でも、それを禁止する条項はない。ではごきげんよう！

（神々、急いで退場）

# 1

## 小さなタバコ店

店は準備が整っていないので、まだ開店していない。

シェン・テ　（観客に向かって）神々が旅立たれて、三日が経ちました。神々は宿代を払うとおっしゃいまして、もらったものを見たら、なんと銀貨で一千元。(3)……そのお金でタバコ店を買いました。移ってきたのは昨日。これからは善行をたくさん積めるでしょう。たとえば、あそこにいるシンさん。この店の前の持ち主です。昨日さっそくうちに来て、子どもにやる米をせがまれました。今日も今日とて、鍋を持って広場を横切ってくるのが見えます。

（シンが店に入ってくる。ふたりはお辞儀をする）

シェン・テ　こんにちは、シンさん。

シン　こんにちは、シェン・テさん。新しいおうちはどうだい？

シェン・テ　快適です。お子さんたちは夜をどう過ごしましたか？

シン　安宿に泊まったよ。あのぼろ家を宿と呼べればだけど。末っ子の咳が止まらなくてね。
シェン・テ　それは困りましたね。
シン　どれだけ辛いか、あんたにはわからないさ。うまく行ってるんだから。でも、この店をやってると、いろいろあるよ。このあたりは貧民街だからね。
シェン・テ　昼になれば、セメント工場の工員さんが買いにくるという話でしたよね。
シン　でも他にはだれも買いにこないよ。隣近所の連中だってね。
シェン・テ　店の権利を売るときに、そんなこと言わなかったじゃないですか。
シン　今さら文句を言わないでおくれ！　あたしと子どもたちから住む家を奪っておいて、こんなぼろい店と貧民街では不足だというのかい？　ふざけないでほしいよ。（泣く）
シェン・テ　（急いで）すぐお米を持ってくるわね。
シン　お金も少し借りたいんだけど。
シェン・テ　（米を一合、鍋に入れてやりながら）それは無理です。まだなにも売れていないので。
シン　でもお金がいるんだ。どうやって生きてけっていうのさ？　あたしからなにもかも奪っておいて、今度は首を絞めようっての？　うちの子たちをあんたの店の前に捨てていってもいいんだよ、この人でなし！　（シンはシェン・テの両手から鍋をひったくる）
シェン・テ　そんなに怒らないで！　お米がこぼれるわ！
（中年の夫婦とみすぼらしい身なりの男が店に入ってくる）
妻　これはこれは、シェン・テさん。うまくやってるそうじゃないの。商売をはじめたとか！　じつは宿無しになっちまったんだ！　うちのタバコ店が潰れちゃってね。それであんたのところにひと晩厄介になれないかなと思ってね。うちの甥っ子は知ってるだろう？　ついてきてるんだ。離ればなれになりたくないといって。

**甥**　（見まわしながら）こりゃ、いい店じゃないか！

**シン**　こいつらは？

**シェン・テ**　田舎から出てきたとき、最初に下宿した家の人たち。（観客に向かって）わずかなお金が底をつくと、わたしは追いだされた。だからこの人たち、今度は自分が断られないかとびくびくしてる。哀れなものね。

　この人たちは宿無し
　この人たちに友だちはいない
　この人たちには　だれかが必要
　いやだなんて　言えるわけがない

（やってきた人たちにやさしく）歓迎します！　泊まっていってください。といっても、店の奥の小部屋しかありませんけど。

**夫**　それで充分さ。気にしない、気にしない。（シェン・テが茶をいれているあいだに）邪魔になるから奥の部屋に引っ込んでいることにするよ。タバコ店をはじめるのは、最初の下宿を懐かしんでのことかい？　少しは相談に乗ろうじゃないか。そう思って来たんだ。

**シン**　（あざ笑って）それで客が来ればいいけどね。

**妻**　なにが言いたいのよ？

**夫**　しっ！　お客だ！

（ぼろを着た男、登場）

**ぼろを着た男**　すみません。失業中でして。

（シン、笑う）

**シェン・テ**　なんのご用でしょう？

**失業者**　明日開店だって聞きまして。荷を解いたときには傷ものが出るでしょう。あったらタバコを一本もらえないかなと思いまして。

**妻**　これはまいった。タバコを恵んでくれってのかい！　ご飯ならわかるけど！

**失業者**　食いものは高いですから。タバコを二、三服できれば、生まれ変われます。もうぼろぼろでして。

**シェン・テ**　（タバコを数本与える）生まれ変わるって大事よ。あなたで店開きにするわ。幸運を運んできてくれますように。

（失業者はさっそくタバコに火をつけ、煙を吸い込み、咳をしながら退場）

**妻**　なにやってるの、シェン・テ？

**シン**　これが店開きとはね。こりゃ、三日ともたないよ。

**夫**　賭けてもいい。あいつ、ポケットにまだ金を持ってたはずだ。

**シェン・テ**　文無しだって言ってたわ。

**甥**　嘘じゃないって、どうしてわかるんだ？

**シェン・テ**　（憤慨して）じゃあ、嘘をついてるって、どうしてわかるのよ！

**妻**　（首を横に振りながら）この子、いやって言えないんだね！　お人好しすぎるよ、シェン・テ！　店をやっていくつもりなら、あんなの断らないと。

夫　ここは自分の店じゃないって言えばいいのさ。親戚の店だから、勝手なことはできないってな。それも言えないのか？

シン　言えるさ。慈善家を気取らなけりゃね。

シェン・テ　（笑う）言ってなさいよ！　それなら宿を貸すのはお断り。お米も返して！

妻　（驚いて）その米、あんたのだったのかい？

シェン・テ　（観客に向かって）

ひどい人たち
だれにもやさしくしない
一合の米すら惜しむ
なんでもひとり占め
でも　この人たちを悪く言える？

（小男が登場）

シン　（男を見るとあわてて立ち去る）明日また来るわね。（退場）

小男　（シンに声をかける）待てよ、シンさん！　ちょっと話がある！

妻　あの女、よく来るの？　あんた、なにか弱みがあるわけ？

シェン・テ　ないわ。でも、あの人、お腹をすかしてる。充分な理由でしょ。

小男　まったく、逃げ足が速い。新しい店主はあんたかい？　おお、もう商品を並べているのか。だけどその棚はあんたのもんじゃない！　お代を払ってくれなくちゃ！　今ここにいたあの女が払ってないんだよ。（他の者たちに）俺は建具職人さ。

シェン・テ　でも、わたしは家具も含めてそっくり買ったんですけど。
建具職人　嘘だ！　嘘をつくんじゃない！　あんたもあのシンとグルだな！　百元だしてもらおう。このリン・トーの名にかけてな。
シェン・テ　払えと言われても、お金はありません！
建具職人　じゃあ、店を競売にかけるぞ！　すぐにな！　今耳をそろえて払え。さもなきゃ、俺が競売にかける！
夫　（シェン・テに耳打ちする）従兄の店だって言うんだ！
シェン・テ　来月じゃだめかしら？
建具職人　（わめく）だめだめ！
シェン・テ　そんなつれないことを言わないでください、リン・トーさん。急にそんなことを言われても。

（観客に向かって）
少しばかりの思いやり　それで元気百倍
ほら　荷車を引く馬が草むらの前にいる
見て見ぬ振りすれば　馬はもっとよく荷車を引くでしょう
六月のあいだ辛抱すれば
八月には桃がたわわに実る
わたしたち　我慢せずにいっしょに暮らしていけるもの？
ちょっと先延ばしにするだけで

ずっといいことができるのに

（建具職人に）ちょっとだけ我慢してください、リン・トーさん！

**建具職人**　じゃあ、俺や俺の家族はどうしてくれるんだ？　（棚を壁からはずして、持ち帰ろうとする）払わないなら、持ち帰るよ！

**妻**　シェン・テ、どうしてこの件を従兄に任せないの？　（建具職人に）請求書を書けば、シェン・テさんの従兄が払うはずよ。

**建具職人**　従兄なんて当てになるもんか！

**甥**　馬鹿みたいに笑うな！　従兄なら個人的に知っている。

**夫**　カミソリのように切れる人だ。

**建具職人**　よし、それじゃ請求書を書こう。（建具職人は棚を横にしてすわると、請求書を書く）

**妻**　しっかりしないと、こんなちょっとの棚のために身ぐるみはがされちまう。正当だろうとなかろうと、一度認めたら、次々に請求書が舞い込んでくるよ。ゴミ箱に肉をひと切れ投げ込んでごらん。この界隈の野良犬どもがこぞって集まってきて、あんたのところの裏庭で喧嘩をはじめるだろうね。裁判所はなんのためにあるのさ。

**シェン・テ**　仕事をしたんだから、空手で帰すわけにはいかないわ。それに家族もいるんだし、払わないのは悪い！　神さまになんて言われるか。

**夫**　あんたはちゃんとやってるさ。俺たちを泊めてくれるんだから、充分すぎるくらいだ。

（足の悪い男と妊婦が入ってくる）

**足の悪い男**　（夫婦に）ここにいたのか！　親戚が聞いて呆れる！　俺たちを街角に立たせて、放っておくなんてな！

**妻**　（狼狽してシェン・テに）これは弟のウンとその嫁さ。（ふたりに）つべこべ言わず、隅っこでおとなしくしておいで。昔からの友だちシェン・テさんの邪魔になるからね。（シェン・テに）このふたりも泊めてくれないかしら。弟の妻は妊娠五ヶ月なのよ。それとも、いや？

**シェン・テ**　歓迎します！

**妻**　お礼を言うんだよ。茶碗は奥にある。（シェン・テに）あのふたりも、行く当てがなくてね。あんたが店を持っててよかったわ！

**シェン・テ**　（お茶を運び、観客に向かって笑いながら）たしかに、店が持ててよかった！

（大家のミー・チュウ、入ってくる。書類を手にしている）

**大家**　シェン・テさん、大家のミー・チュウです。仲良くやっていけるといいんですけど。これが賃貸契約書。（シェン・テは契約書を読む）ちょっとした店の開店。いいものね。そうじゃありませんこと、みなさん？（店を見まわす）まだ棚に品物がそろっていないけど、まあなんとかなるでしょう。身元保証人になってくれる方はおいででしょうね？

**シェン・テ**　身元保証人なんているんですか？

**大家**　だって、あなたがどういう人かわかっていませんもの。

**夫**　では、わたしたちが保証人になりましょうか？　この人が町に出てきたときからの知り合いでして。いつでも、ひと肌脱ぎます。

**大家**　どちらさまかしら？

**夫**　タバコ店のマー・フーです。

大家　お店はどちらに？
夫　ちょうど売り払ったところでして。
大家　なるほど。（シェン・テに）保証できる方は他にいないの？
妻　（耳打ちする）従兄！　従兄！
大家　うちの店子になるには保証人を立てていただかないと。ここは借家ですので。保証人がいなければ、あなたと契約することはできません。
シェン・テ　（目を伏せてゆっくりと）従兄がいます。
大家　あら、従兄がいらっしゃるのね。この町に？　では、いっしょに会いにいきましょう。なにをなさっている方？
シェン・テ　ここには住んでいません。別の町にいます。
妻　たしかシュンにいるのよね？
シェン・テ　シュイ・タといいまして、シュンに住んでいます！
夫　あの人ならよく知っている！　背が高くて痩せた人だ。
甥　（建具職人に）あんたもシェン・テさんの従兄と交渉するんだな！　棚の件で！
建具職人　（不機嫌そうに）たった今、そいつ宛に請求書を書いたところだ。ほらよ！　（建具職人がシェン・テに請求書を渡す）明日の朝また来る！　（退場）
甥　（大家をちらちら見ながら建具職人に声をかける）安心しな。従兄ならきっちり払うさ！
大家　（シェン・テをじろじろ見る）では、ぜひその方とお近づきになりたいですわね。ごきげんよう。
（退場）

妻　（しばらく間があって）まずいね！　明日の朝には、あんたの正体がばれる。

弟の妻　（自分の夫に小声で）ここも長続きしないわね！

（少年に付き添われて、ひとりの老人が入ってくる）

少年　（後ろに向かって）ここにいたよ。

妻　あら、おじいさん。（シェン・テに）うちのおじいさんなの！　あたしたちのことを心配していてね。それからこの子、大きくなったでしょ？　大食らいなのよ。他にだれを連れてきたの？

夫　（外をうかがって）あとは姪だけだ。

妻　（シェン・テに）田舎の親戚の娘。多すぎはしないわよね。あんたがうちにいた頃はこんなに大世帯じゃなかったわね。そうなんだよ。どんどん増えちゃって。暮らし向きが悪くなると、頭数は増えるものなのさ。そして頭数が増えると、暮らし向きがもっと悪くなる。それより戸を閉めないかい。さもないと、騒がしくていけない。

（戸締まりをし、一同腰を下ろす）

妻　肝心要は仕事の邪魔をしないこと。せっせと働いてもらわないと。あたしたちはこうしよう。若い者は日中出かける。おじいさんと弟の妻と、なんならあたしもここに残る。あとの者は一、二度顔をだす。どうだい？　それじゃ、ランプに火をつけて、くつろごうじゃないか。

甥　（ユーモラスに）今夜だけは、おっかないシュイ・タさんがあらわれてほしいもんだな！

（弟の妻、笑う）

弟　（タバコに手を伸ばす）一本ぐらいかまわないよな！

夫　もちろんだ。

（一同、タバコをとる。弟が酒の甕をみんなにまわす）

**甥**　従兄のおごり！

**祖父**　（シェン・テに向かって真剣に）やあ！

（今頃あいさつされたので、シェン・テは困惑しながらお辞儀をする。片手に建具職人の請求書を持ち、もう片方の手に賃貸契約書を持っている）

**妻**　シェン・テの喜ぶことをしようよ。なにか歌わないかい？

**甥**　おじいさんからいこう！

（みんなで歌う）

煙の歌

**祖父**

髪がまだ　白くなかった頃

賢く立ちまわるつもりだった

だけど思い知ったよ　賢いだけじゃ

腹いっぱい　食えはせぬ

だから言うんだ　もうよそう！

そこの煙が　見えるかい

冷たくなって　消えていく

夫

おまえも　同じ運命さ

まじめにやっても馬鹿を見る
それなら試そう　人生の裏街道
それでも落ち目になるばかり
どうすりゃいいやら　わからない
だから言うんだ　もうよそう！
そこの煙が　見えるかい
冷たくなって　消えていく
おまえも　同じ運命さ

姪

歳をとったら　夢も希望もない
時間を使って　潰すだけ
だけど　若い者には未来がある
なにもない未来と人は言うけれど
だから言うんだ　もうよそう！
そこの煙が　見えるかい
冷たくなって　消えていく
おまえも　同じ運命さ

甥　なあ、この酒、どうしたんだ？
弟の妻　タバコひと袋と物々交換してきたのよ。
夫　なんだって？　あのタバコは俺たちの全財産だったんだぞ！　宿代にもしないで大事に取っておいたのに！　こいつめ！
弟　悪かったな。どうせ女房を凍えさせている甲斐性無しさ。だけど、兄さんだって飲んだじゃないか。ほら、その甕をこっちに寄こせ！
（ふたりはとっくみあう。タバコの棚がひっくり返る）
シェン・テ　（ふたりに懇願する）ねえ、やめて。店を壊さないで！　神さまからの授かりものなんだから！　タバコは吸ってもいいけど、店を壊すのだけはやめて！
妻　（危ぶんで）ここ、思ったより小さいわね。叔母さんや他の連中に話すんじゃなかった。連中まで押しかけてきたら、さすがに狭いわ。
弟の妻　シェン・テも、少し素っ気なくなったわ！
（外から数人の声が聞こえてくる。戸を叩く音）
声　開けて！　あたしたちよ！
妻　叔母さんかい？　どうしよう？
シェン・テ　わたしのすてきな店が！　命綱なのに！　開店するなり、もう店がなくなる！
（観客に向かって）
救いの小舟

声　早くも沈もうとしている
溺れる者が大挙して
小舟にしがみつく
（外から）開けてよ！

## 幕間

### 橋の下

川辺に水売りがしゃがんでいる。

ワン　（あたりを見まわしながら）静かだなあ。ここに隠れてもう四日。見つかりっこないさ。目をひんむいて見張っているからな。あっしは一計を案じて、神さまが進む方向に逃げたんだ。二日目に神さまたちは橋を渡っていった。真上で歩く足音がした。もうずっと遠くに行っちまっただろう。これでひと安心。

（ワンは仰向けになって眠り込む。音楽。土手が透けて見えて、神々登場）

ワン　（殴られると思って、腕で顔をかばう）なにもおっしゃらないでください。わかってますから！　泊めてくれる人が見つからなかったんです。どの家もだめでした！　もうご存じのはず！　どうぞお行きください！

一の神　いいや、そなたは見つけてくれた。そなたがいなくなってから、あらわれたのだ。家に泊め、われわれの眠りを見守り、朝にはランプで足元を照らしてくれた。その者のことを善人だと言っていたが、たしかにそのとおりだった。

ワン　神さまを泊めてくれたのはシェン・テだったんですか？

三の神　もちろんだ。

ワン　俺は人を信じられず、逃げだしたのか！　なのに、あの子がいなくなったと思い込んじまったんだ。金がいると言っていたから、いなくなったと思うなんて。

神々

心弱き者よ！[4]
心根良くとも　弱き者！
苦しいときには　心もねじれると思うのか！
危険なときには　勇気をなくすと思うのか！
愚痴をこぼす　その弱さ！
早計なり！　浅はかなり！

ワン　お恥ずかしいかぎりです、神さま！

一の神　それでは水売りよ。さっそく都に戻り、善人シェン・テの様子を報告してくれたまえ。今はうまくいっている。小さな店が持てるほど金が手に入ったらしい。優しい心のままにやっていけるだろう。あの者のよき行いを手助けしておくれ。善行を促す者がいなくては、張り合いがないだろうからな。われわれは旅をつづける。セツアンの善人と同じような人間をもっと探すつもりだ。この世ではもう善人は生きていけない、などという噂はなくさないとな。

（神々、消える）

## 2

### タバコ店

ところ狭しと眠る人々。ランプはまだ灯っている。戸を叩く音。

**妻**　（寝ぼけながら体を起こす）シェン・テ！　だれかが戸を叩いてるよ！　あれ、どこに行ったのかしら？

**甥**　朝食の買いだしだろう。従兄が払ってくれる。

（妻が笑ってよろよろ戸口へ行く。若い紳士が入ってくる。そのあとから建具職人）

**若い紳士**　シェン・テの従兄です。

**妻**　（腰を抜かす）なんだって？

**若い紳士**　名前はシュイ・タ。

**居候たち**　（互いに揺すって起こす）従兄だとさ！……あれは口からでまかせだった。従兄なんているはずない！……それなのに従兄を名乗る奴のお出ましとは！……信じられない。しかもこんなに朝っぱらに！

甥　シェン・テの従兄というなら、急いで朝食をだしてくださいな！

シュイ・タ　（ランプを消して）もうじき客が来ます。ほら、服を着てもらいましょう。これではわたしの店が開けられないではありませんか。

夫　あんたの店？　わたしたちの友だちシェン・テの店のはずだけど。（シュイ・タ、首を横に振る）えっ、シェン・テの店じゃない？

弟の妻　じゃあ、あいつは嘘をついてたのか！　どこに隠れてる？

シュイ・タ　用事があって出かけています。わたしが来たから、もうあなたたちの面倒を見られない。そう伝えてくれと言われています。

妻　（愕然として）あの子は善人だと思ってたのに！

甥　こんなの信じられるか！　シェン・テを探そう！

夫　そうだ、そうしよう。（夫、指示をだす）おまえとおまえとおまえとおまえ、外を探すんだ。爺さんと俺たちはここに陣取る。坊主、おまえはそのあいだに食いものを手に入れてこい。（少年に）ほら、そこの角にパオズの店がある。忍び寄って、上着にごっそり入れて、かっぱらってくるんだ。

弟の妻　小さい焼き菓子もね！

夫　だが、つかまらないようにな。それから、警官に出くわさないようにするんだぞ！

（少年はうなずいて出ていく。他の者はそろって服を着込む）

シュイ・タ　こそ泥なんてされては、この店に悪い評判が立ってしまいます。

**甥**　気にしなさんな。すぐにシェン・テを見つける。シェン・テなら、うまく評判を取りもどしてくれるさ。

（甥、弟、弟の妻、姪、退場）

**弟の妻**　（立ち去りぎわに）朝食を残しておいてよ！

**シュイ・タ**　（静かに）見つけられっこありません。いつまでも歓迎していられないのを、シェン・テはもちろん心苦しく思っています。あなたたちは人数が多すぎです！　ここはタバコ店。シェン・テの生活がかかっているんですよ。

**夫**　シェン・テなら、口が裂けても、そんなことは言わないだろうね。

**シュイ・タ**　そうかもしれません。（建具職人に）この町の貧困はすさまじいものです。それが諸悪の根源。ひとりでなんとかできる次元じゃありません。残念ながら、一千百年前からこの調子。当時、だれかがこんな四行詩を書いています。

　いかがせん　たずねられた太守さま
　答えて曰く　凍える者を救うには
　長さ一万尺の掛布を作り
　下町をすっぽり包むがよい

**建具職人**　どうやらお宅がここを仕切っているようだね。棚のささやかな代金を払ってもらおう。証人もいる。百元だ。

シュイ・タ　（愛想よく請求書をポケットからだす）百元とは少々ぼっていませんかな？
建具職人　なにを言う。まけてはやらないぞ。女房と子どもを養わなくちゃならないんだ。
シュイ・タ　（きびしい口調で）子どもは何人ですか？
建具職人　四人。
シュイ・タ　それなら二十元でどうです？
（夫、笑う）
建具職人　気はたしかか？　クルミ材なんだぞ！
シュイ・タ　では、持ってかえってくれて結構です。
建具職人　なんだって？
シュイ・タ　高すぎますね。クルミ材の棚を引き取ってください。
妻　こりゃいい！　（妻も笑う）
建具職人　（おどおどして）シェン・テさんを呼んできてくれ。あの人のほうが、いい人のようだ。
シュイ・タ　そのとおり。だから破産しました。
建具職人　（気を取り直して棚をはずし、戸口のほうへ運ぶ）タバコを床に並べることになるぞ！　俺にはどうでもいいけどな。
シュイ・タ　（夫に）手伝ってやってください！
夫　（同じように棚をつかんで、ニヤニヤしながら戸口へ運ぶ）これで棚とはおさらばだ！
建具職人　ちくしょう！　俺の家族を飢え死にさせる気か？
シュイ・タ　二十元なら払ってもいいです。タバコを床に積みたくはないですからね。

建具職人　百元だ！

（シュイ・タは素知らぬ顔で、窓の外を見る。夫は棚を外に出そうとしている）

建具職人　おい、馬鹿野郎。戸口にぶつけるんじゃねえ。（途方に暮れて）こいつはここの寸法に合わせてあるんだ！　ここにはぴったりだが、他では使えない。そういう風に板を切っちまったんだ、旦那！

シュイ・タ　そういうことです。だから二十元がいいところ。そういう風に板を切ってしまったからですよ。

（妻が声をだして喜ぶ）

建具職人　（突然がっくり肩を落とす）持ちかえっても仕方がない。棚はここに置いていく。言い値でいいよ。

シュイ・タ　では、二十元。

（シュイ・タは大きな銀貨を二枚、机に置く。建具職人はそれを取る）

夫　（棚を元に戻しながら）他じゃ使えない代物だ。それで充分さ！

建具職人　ああ、酔い潰れるには充分だ！　（退場）

夫　うまくやったな！

妻　（笑いすぎて涙をふきながら）「クルミ材だ！」――「持って帰れ！」――「百元！　子どもが四人いる！」――「二十元なら払う！」――「寸法にあわせて切ってしまった！」――「だから、二十元！」あいう連中を相手にするときのいいお手本だ！

シュイ・タ　そのとおりです。（本気で）あなたたちもすぐに出ていっていただきましょう。

夫　俺たちも？

シュイ・タ　そう、あなたたちも。盗人のろくでなし。黙って出ていったほうが身のためですぞ。
夫　こいつにはなにを言っても無駄だな。怒鳴るのは空きっ腹に堪える。ところで、坊主はなにをしてるんだ？
シュイ・タ　そうだ。あのガキはどうしたんです？　盗んだ食いものを店に持ち込むなと言ったはずですが。（いきなり怒鳴る）ほら、出ていってください！
（夫たちは立とうとしない）
シュイ・タ　（ふたたび静かな声で）勝手にしたらいい。
（シュイ・タは戸口へ行くと、外に向かって深々とあいさつする。戸口に警官があらわれる）
シュイ・タ　この界隈が担当のおまわりさんとお見受けします。
警官　そのとおりだ。で、きみは……。
シュイ・タ　シュイ・タと申します。（ふたりは笑みを交わす）いいお天気ですねえ！
警官　少し暑いがな。
シュイ・タ　たしかに暑いようです。
夫　（小声で妻に）坊主が戻るまでしゃべっていられちゃまずい。しょっぴかれるぞ。（夫はシュイ・タにこっそり合図を送る）
シュイ・タ　（それを無視して）涼しい店内とほこりっぽい路上では暑さもちがうでしょう。
警官　大いにちがうな。
妻　（夫に）落ち着きなよ！　坊主も、警官が戸口に立っているのを見れば、入ってこないさ。
シュイ・タ　どうぞお入りください。ここのほうが断然涼しいです。従妹とわたしで店をはじめました。

警察とはうまくやっていくのが大切だと思っています。
警官　（店に入る）それはご親切に、シュイ・タさん。なるほど本当に涼しい。
夫　（小声で）わざと中に入れやがったな。これで坊主には警官が見えない。
シュイ・タ　こちらはうちの客です！　従妹の知り合いでして。これから旅に出るところです。（シュイ・タは会釈する）別れのあいさつをしているところでした。
夫　（声をひそめて）じゃあ、行くか。
シュイ・タ　シェン・テには言っておきますよ。あなたたちが泊めてもらったことを感謝していたけど、戻るまで待てなかったとね。
（通りが騒がしくなる）
（「泥棒だ、捕まえろ！」という声）
警官　どうした？
（少年、戸口にあらわれる。上着からパオズや焼き菓子が落ちる。妻は、出ていけとあわてて合図する。少年は身を翻して出ていこうとする）
警官　待て！　（少年をつかまえる）その菓子はどこで手に入れた？
少年　あっちだよ。
警官　ははあ。盗んだな、そうだろう？
妻　あたしらは知らない。その子が勝手に盗んできたんだ。このろくでなし！
警官　シュイ・タさん、これはどういうことですかな？
（シュイ・タ、黙っている）

警官　では、みんな派出所まで来てもらおう。
シュイ・タ　うちの店でこんなことが起きるとは。
妻　この子が出ていくとき、その人も見ていたよ！
シュイ・タ　おまわりさん、泥棒を隠すつもりなら、あなたをここに入れるわけがないでしょう。
警官　そりゃそうだ。ならば、この連中をしょっぴくのがわたしの仕事であることもご理解いただけますな、シュイ・タさん。（シュイ・タはうなずく）よし、歩け！（警官は他のみんなを追い立てる）
祖父　（戸口でおだやかに）ご機嫌よう。
（シュイ・タ以外の全員が退場。シュイ・タは店の片づけをつづける。大家、登場）
大家　あら、従兄というのはあなたですね！　うちの借家から警官に引っ立てられた人が出てきたけれど、どういうことかしら？　あなたの従妹がここを木賃宿にするから、あんな連中が転がり込むんですよ。あれは昨日まで貧乏長屋に住んで、街角の屋台でキビ餅を恵んでもらっていた連中ですね！　ご覧のとおり、わたしにはなんでもお見通しです。
シュイ・タ　たしかに。シェン・テの悪い噂も耳にしているのでしょうね。飢えることが罪になるご時世です！　シェン・テもどん底の生活をしていました。噂も最悪でしょう。哀れなものでした！
大家　体を売って……。
シュイ・タ　言わば、下賤の者！
大家　お涙頂戴はやめてもらいましょう！　生き方は問題だったけれど、実入りはよかったようですね。実入りがよくなかったら、こんな店を構えられるはずがないですものね。パトロンが何人かいるんじゃないのですか？　さもなければ、お店なんて持てるわけがないですもの。でも旦那、ここはまっとうな長屋ですのよ！　この長屋に住んでる他の店子は、あんな連中と暮らすのはごめんだと言っています。（間）わたしにだって情けはありますわ。でも店子の気持ちも尊重しないと。

**シュイ・タ**　（冷ややかに）ミー・チュウさん、仕事中です。このまっとうな家に住むにはいくら払えばいいんですか？

**大家**　このくらいじゃ動じないようですね！

**シュイ・タ**　（勘定台から賃貸契約書を取る）これは高い。家賃は月払いとある。

**大家**　（急いで）しかしあなたの従妹みたいな人だと、そうはいきませんの！

**シュイ・タ**　というと？

**大家**　半年分二百元を前払いしてもらいます。

**シュイ・タ**　二百元！　無茶苦茶です！　どうやって工面しろと言うんですか？　ここじゃたいして売上げは望めないでしょう。客はセメント工場の袋縫いの針子くらいです。仕事がきつくて、タバコをたくさん吸ってくれることくらいしか期待できません。でも、稼ぎはよくないはずです。

**大家**　そういうことは前もって検討すべきでしたね。

**シュイ・タ**　ミー・チュウさん、勘弁してください！　シェン・テは許しがたい過ちを犯しました。宿無しを一泊させるなんて。もう二度としないでしょう。わたしも目を光らせます。しかし考え方を変えれば、どん底から這いあがった者以上にいい店子がいるでしょうか？　家賃を期限通りに払うため、身を粉にして働くでしょう。古巣に戻りたくない一心で、どんな犠牲も払い、片っ端から売りまくるでしょう。どんなことも恐れず、ネズミのように小さくなって、ハエのようにおとなしくして、口答えは一切しないでしょう。そういう店子はお金には代えられないと思うのですが。

大家　前金で二百元、さもなければ、古巣に戻るんですね。
（警官登場）
警官　邪魔するよ、シュイ・タさん！
大家　警察もこの店に目をつけてるんですか。
警官　ミー・チュウさん、誤解しないでくれ。シュイ・タさんは警察に協力してくれた。今回は警察の名の下に礼を言いにきたんだ。
大家　そういうことなら、いいです。シュイ・タさん、こちらの条件をあなたの従妹が飲むよう祈っています。店子とは仲良くやっていきたいですものね。ごきげんよう、みなさん。（退場）
シュイ・タ　ごきげんよう、ミー・チュウさん。
警官　ミー・チュウさんとなにか揉めているのかい？
シュイ・タ　わたしの従妹について、あまりいい噂を聞かないので、半年分の家賃を前払いしろと言われまして。
警官　そして持ち合わせがないってことか。（シュイ・タ、黙る）だけど、シュイ・タさん、あなたなら信用があるから、金を借りられるだろう。
シュイ・タ　そうかもしれません。しかし、シェン・テが借りられるかどうか？
警官　あなたはここに滞在しないのか？
シュイ・タ　ええ。これっきり戻ってこられません。旅の途中で手助けしただけなのです。最悪の事態はなんとか回避しましたが、これから従妹は自力でやっていくしかありません。どうなることか気がかりです。

警官　シュイ・タさん、家賃で問題を抱えているとは気の毒だ。正直に言うと、はじめはこの店を複雑な気持ちで見ていた。しかしあなたの先ほどの態度で、あなたのことがよくわかった。われわれ警官は、秩序を守るのに協力してくれる人がすぐにわかる。

シュイ・タ　（苦々しく）わたしの従妹はこの店を神さまからの贈り物だと思っています。この店を救うためなら、法が許すぎりぎりのところまでやる覚悟です。でもこの一線が巧妙に引いてあって、割を食うのは下々の者ばかり。一難去ってまた一難という感じです！（少し間を置いて）これをいかがです？

警官　（葉巻を二本しまう）警官としては、あなたのような方がいなくなるのは残念でならないな、シュイ・タさん。だがミー・チュウさんのこともわかってやってほしい。シェン・テさんが男に体を売って生きていたことは紛れもない事実だ。「どうすればいい、どうやって家賃を払ったらいい？」と言うかもしれないが、事実は変えられない。尊敬できる仕事とはお世辞にも言えない。愛情は売りものではないが、あの人のは金で買える愛だ。金を払う人ではなく、愛する人を愛することこそ、尊敬に値する。第三に、ひと握りの米のためではなく、愛するために相手はある。「それはそうだが、なにもかもなくしたら、知恵があっても役に立つものか」とあんたは言うかもな。「シェン・テはどうすればいい？　半年分の家賃をどうやってひねりだしたらいいんだ？」と言われると、わたしもお手上げだ。（必死に考え込む）そうだ、シュイ・タさん！　従妹に旦那を探してやるといい！

（小柄な年配の女が店に入ってくる）

年配の女　夫に安くていい葉巻が欲しいのよ。結婚して四十年になるんで、ちょっとお祝いをするの。

シュイ・タ　（丁寧に）結婚して四十年経っても、お祝いをされるんですか！

年配の女　それ相応にね！　うちは向かいの絨毯店でね。こういうひどい時代だからこそ、お隣同士で助け合わないとね。
シュイ・タ　（葉巻の箱をいろいろだす）もはや使い古された言葉に思えますが。
警官　シュイ・タさん、先立つものは、なんといってもお金。結婚することを提案する。
シュイ・タ　（申し訳なさそうに年配の女に）ちょっと個人的な悩みごとがありまして、おまわりさんに相談しているところなのです。
警官　半年分の家賃がない。それなら、少し金を持っている人と結婚すればいいんだ。
シュイ・タ　言うは易し行うは難しですね。
警官　なぜだい？　シェン・テさんにだっていいところがある。小さいながらも、将来有望な店があるんだからな。（年配の女に）どう思う？
年配の女　（戸惑って）ええ、まあ……。
警官　新聞広告をだせばいい。
年配の女　（控え目に）シェン・テさんがそれでいいと言うなら……。
警官　反対するものか。文面は俺がこしらえよう。さっきのお返しだ。汗水垂らして頑張っている零細企業に警察が冷たいなどと思わないでほしいもんだ。あんたは警察に手を貸した。今度はこっちが求婚広告を作る番だ！　ハハハ！　（警官は手帳を取りだすと、鉛筆をなめて、書きはじめる）
シュイ・タ　（ゆっくり）悪くないですね。
警官　「資産のある……身持ちのいい……殿方を求む……再婚も可……婿入り希望……将来有望なタバコ店あり」それからこう書き足そう。「当方、眉目秀麗」どうだい？

シュイ・タ　ちょっとおおげさではないですかね。
年配の女　（やさしく）そんなことはないわ。シェン・テさんを見たことがあります。
（警官は手帳のページを破いて、シュイ・タに渡す）
シュイ・タ　驚きです。うまくやっていくには、よほど運に恵まれる必要があるってことですね！　山ほど知恵をしぼって、たくさんの友人が必要！　（警官に）決断力には自信がありますが、家賃についてはなにも思い浮かびませんでした。そこへあなたがあらわれて、一計を案じてくださった。これでなんとかなりそうです。

3

## 夕方の市立公園

ぼろぼろの服を着た若者が、公園の上空を飛ぶ飛行機を目で追っている。それからポケットからロープをだし、あたりを見まわす。若者が大きなヤナギに歩み寄ると、そこへ娼婦がふたりやってくる。ひとりは年増で、もうひとりは例の八人家族の中にいた姪。

若い娘　こんばんは、おにいさん。遊んでいかない？

スン　なにか食わせてくれるならな。
年増　ふざけんじゃないよ。（若い娘に）行くよ。こんな奴を相手にしても時間の無駄。クビになった飛行機乗りさ。
若い娘　でも、他にはだれもいないわよ。雨が降りそうだし。
年増　そうともかぎらないさ。
（ふたりは立ち去る。スンはあたりを見まわすと、ロープをだしてヤナギの枝に引っかける。だが、また邪魔が入る。ふたりの娼婦が足早に戻ってくるが、彼には目もくれない）
若い娘　にわか雨になる。
（シェン・テが道を歩いてくる）
年増　ご覧、人でなしが来るよ！　あんたの家族を不幸に追いやった元凶だ！
若い娘　あの女じゃないわ。あいつの従兄よ。あの女はあたしたちを家に入れてくれたし、あとで菓子の代金も払ってくれた。あの女に悪意はないわ。
年増　そんなことないよ！　（大声で）ふん、金づるを見つけて気取ってる昔の仲間がなにさ。店を持ってるのに、まだあたしらの客を横取りする気かい。
シェン・テ　がみがみ言わないで！　池の畔の茶店に行くだけなんだから。
若い娘　三人の子持ちの男やもめと結婚するって本気？
シェン・テ　ええ、茶店で会うところ。
スン　（いらついて）いい加減に失せろ！　邪魔するな。
年増　うるさいわね！

（ふたりの娼婦、退場）

スン　（後ろから声をかける）ハゲタカどもめ！（観客に向かって）こんな寂しいところで必死でカモを探すとは。あるのは藪だけ、おまけにこの雨。こんなところで客引きしても無駄だというのに。

シェン・テ　（怒って）なんでそんなひどいことを言うんですか？（ロープが目にとまる）あら。

スン　なにを見てる？

シェン・テ　そのロープは？

スン　失せろ！　俺には金がない。文無しさ。金があれば、おまえなんかより、末期の水を一杯買う。

（雨が降りだす）

シェン・テ　このロープでなにをするつもり？　そんなことしちゃだめよ！

スン　関係ないだろう。とっとと失せろ！

シェン・テ　雨宿りしたいの。

スン　この木じゃなくてもいいだろう。

シェン・テ　（雨の中じっと佇む）ここがいいの。

スン　よしな。なにをやっても無駄だ。女を買う気はない。ガニ股だし、ブスときた。

シェン・テ　嘘よ。

スン　見せなくていい！　ちくしょう、雨宿りするなら、さっさと木の下に入れ！

（シェン・テ、ゆっくりと近づいて、木の下に腰を下ろす）

シェン・テ　なんでこんなことをするの？

スン　知りたいか？　それで厄介払いできるなら教えてやる。（間）飛行機乗りって知ってるか？

シェン・テ　ええ、茶店で見かけたことがあるわ。

スン　いいや、それは本物じゃないな。どうせ飛行帽をかぶっただけのお調子者だ。エンジン音も聞きわけられず、飛行機の扱い方も知りゃしない。操縦席に乗れるのは、格納庫管理人に袖の下を使ったからさ。高度二千フィートから雲を切り裂いて急降下し、操縦桿をぐっと引いて機体を水平にもどせるか、ためしに訊いてみるんだな。そんなの契約にないって答えるだろう。地面を操縦席がわりにして飛びもしない奴なんか飛行機乗りじゃない。間抜け野郎さ。だが俺は飛行機乗りだ。だけど、とんだ間抜け野郎でもある。北京の学校で飛行機に関する本を片っ端から読んだのに、一ページだけ読み落としていた。そこに書いてあったんだ。飛行機乗りになっても就職の保証はないってな。おかげで俺は飛行機のない飛行機乗りになっちまった。郵便のない郵便飛行士。それがどういうことか、あんたになんかわかりっこない。

シェン・テ　わかると思う。

スン　いいや、俺がわからないと言ってるんだから、わかりっこない。

シェン・テ　（泣き笑いしながら）子どものとき、片方の羽が動かなくなったツルがいたわ。わたしたちに懐いて、いたずらをしてもいやがらず、胸を張ってあとをついてきた。わたしたちが速く歩きすぎると、置いてきぼりにするなと鳴いた。でも秋や春に、ツルの大群が村の上を飛んでいくと、落ち着かなくなった。気持ちがよくわかった。

スン　泣くなよ。

シェン・テ　泣いてないわよ。

スン　化粧が崩れる。

シェン・テ　もう泣いてない。

（シェン・テは袖で涙をふく。スンは木にもたれ、シェン・テのほうを向かずに顔に手を伸ばす）

スン　まともに顔もふけないのか。

（スンはハンカチでシェン・テの顔をふく。間）

スン　俺に首吊りをさせないようにここにとどまっているのなら、なにかしゃべったらどうだ。

シェン・テ　なにを話したらいいかわからない。

スン　なんで首吊りを止めるんだ？

シェン・テ　びっくりしたからよ。今晩は湿っぽいから、そんな気分になったんでしょうね。

（観客に向かって）

この国にないほうがいいもの
湿っぽい夜
川にかかった高い橋
夜と朝のあいだの時間
それに冬の最中　そういう場所と時間があぶない
みじめなときは
ちょっとしたきっかけでも
耐えきれず　人は命を投げだしてしまう

スン　おまえのことを話してくれ。

シェン・テ　わたしのこと？　小さな店を持ってる。
スン　（あざけって）なんだ、客引きしてるわけじゃないのか。店を持っているとはな！
シェン・テ　（きっぱりと）今は店を持っているけど、前は客引きをしていた。
スン　で、その店は神さまから賜ったとでも言うのか？
シェン・テ　そうよ。
スン　気持ちのいい晩に、神さまがあらわれて、金をやろうとでも言ったか。
シェン・テ　（小声で笑いながら）朝だったわ。
スン　つまんない話だ。
シェン・テ　（間を置いてから）琴が弾ける。少しだけど。人真似もできる。（シェン・テはあるお大尽の低い声を真似る）「これはどういうことだ。財布を忘れてきたにちがいない！」でも、お店を手に入れて、真っ先に琴を人にあげちゃった。これからは心が干からびてもかまわない、と自分に言い聞かせてる。

わたしは　金持ち
ひとりで生きて　ひとりで寝る
一年じゅう
わたしは　男を相手にしない

スン　でも結婚するんじゃないのか？　池の畔の茶店で待っている男と。
（シェン・テ、黙る）
スン　愛情のなにがわかってるって言うんだ？

シェン・テ　すべて知ってる。
スン　嘘だな。それとも、気持ちよかったか？
シェン・テ　いいえ。
スン　（シェン・テのほうを向かずに顔を撫でる）気持ちいいか？
シェン・テ　ええ。
スン　こんなんでいいのか。あきれた奴だ！
シェン・テ　友だちはいないの？
スン　たくさんいるさ。だけど、俺が失業したって相談に乗ってくれる奴はいない。言ったとたん、あいつら、いやな顔をしやがる。海に行けば、まだ水があるとでも言われたみたいにな。あんたには友だちがいるのか？
シェン・テ　（ためらいがちに）従兄がひとり。
スン　じゃあ、そいつには気をつけることだ。
シェン・テ　一度来ただけで、行っちゃった。もう来ない。でも、なんで夢も希望もないことを言うの？　希望を持たずにしゃべると、いい話はできないっていうわよ。
スン　そのまましゃべってくれ！　枯れ木も山の賑わいって言うからな。
シェン・テ　（熱心に）どんなにひどい世の中でも、やさしい人はいるものよ。小さいとき柴を背負っていて転んだことがある。どこかのおじいさんがわたしを立たせて、小銭を恵んでくれた。今でもよく思いだす。食べるに事欠く人はものをあげたくなるものよ。たぶんできるところを人に見せたいのね。それなら親切にするのが一番でしょう？　意地悪するなんて、恰好悪いじゃない。歌を歌ったり、機械を組み立てたり、稲を植えたりするのはやさしさのなせる業。あなただってやさしい。
スン　あんたなら苦もなくできそうだな。
シェン・テ　そうね。雨だれが落ちてきた。
スン　どこに？
シェン・テ　目と目のあいだ。
スン　右寄りか、左寄りか？
シェン・テ　左寄り。
スン　そうか。（しばらくして眠そうに）男はもうたくさんなんだろうな？
シェン・テ　（微笑みながら）でもガニ股じゃないわ。
スン　そうかもな。
シェン・テ　ほんとよ。
スン　（疲れて木にもたれかかる）この二日、飲まず食わずだからな。あんたを愛したくても、できそうにない。
シェン・テ　雨はすてきね。

（水売りのワン、登場。歌うのは）

雨降る中の水売りの歌

水を売ろうにも

この雨じゃ　どうにもならねえ
水を売るため
こんな遠くまで　やってきた
水はいらんかね！　と叫んでみても
先を争い　買う奴いない
金を払って　飲む奴いない
おい　水を買えったら　こんちくしょう！

天の穴をふさぎたい！
夢にまで見る
七年連続の日照り
水一滴が貴重品！
ほら　みんながわめく　水をくれ！
俺の桶に手をだす奴には
ひとり残らず
お見舞いしたぜ　拳骨を
それでも舌なめずり　こんちくしょう！

（笑いながら）

さあ　飲むがいい　雑草ども
仰向けになり
雲上の乳房がただで
水を恵んでくれる
あっしは叫ぶ　水はいらんかね！
ところが先を争い　買う奴いない
金を払って　飲む奴いない
おい　水を買えったら　こんちくしょう！

（雨が上がる。シェン・テはワンに気づいて、駆け寄る）

シェン・テ　あら、ワンさん、戻ってきたの？　天秤棒と桶はわたしが預かっているわ。
ワン　そりゃ、ありがとよ！　元気かい、シェン・テ？
シェン・テ　ええ、元気よ。とても賢くて、勇敢な人と知り合ったの。水を一杯買いたいんだけど。
ワン　天を仰いで口を開ければ、好きなだけ飲めるぞ。そこのヤナギからもまだポタポタ垂れている。
シェン・テ　でも、あなたの水が欲しいのよ
苦労して遠くから
運んできたのに
今日は雨だ　なかなか売れない
その水をあそこの人にあげたいの

あの人は飛行機乗り
だれよりも肝がすわってる
雲の仲間になって
嵐をものともせず
大空を飛び
遠くの友にとどける
心のこもった手紙を

（シェン・テは金を払い、お椀を持ってスンのところへ走っていく）

シェン・テ　（笑いながらワンに呼びかける）眠っちゃったわ。希望をなくし、雨に濡れ、わたしに言い立てられて、疲れたのね。

**幕間**

## ワンのねぐら、土管の中

水売りが眠っている。音楽。土管は透き通っている。水売りの夢枕に神々があらわれる。

ワン　（顔を輝かせて）あの娘に会いましたよ、神さま！　昔のとおりでした！

一の神　それはうれしいことだ。

ワン　恋をしてます！　恋人にも会わせてくれました。本当にうまくいってます。
一の神　そうか、そうか。さらに善行を積むといいのだが。
ワン　心配いりませんて！　世のため人のため頑張ってます。
一の神　どんなことをしている？　ワンよ、話してくれぬか！
ワン　だれにでもやさしい言葉をかけてます。
一の神　（熱心に）ほほう、それから？
ワン　お金を持たない奴も、たいていはタバコをもらって店から出てきます。
一の神　それは悪くない。他には？
ワン　八人家族を家に泊めました！
一の神　（勝ち誇って二の神に）八人家族！　（ワンに）他にもあるかな？
ワン　雨が降ってるのに、あっしの水を買ってくれました。
一の神　なるほど、どれもささやかな善行だ。だがまあ、いいだろう。
ワン　けれども、金がかかります。小さな店じゃ、儲けはたかが知れています。
一の神　そうだろう、そうだろう！　しかし気の利く庭師なら、地面がわずかでも真の奇蹟を起こす。
ワン　あの子のやっていることはまさにそれです！　毎朝、儲けの半分を使って米を分けてるんです。
　本当です！
一の神　（少しがっかりして）嘘とは言ってないぞ。まあ、手始めとしてはまずまずだな。
ワン　この時世ですからね！　店に難題が降りかかったとき、一度だけ従兄を呼んで、助けてもらいました。

やっと見つけた　雨風しのげるねぐら
と思いきや　冬空の四方から
飛びくる　みすぼらしい鳥の群れ
居場所を争いつかみあい　飢えた狐は
薄壁を食いやぶり　片足の狼は
小さな餌皿　ひっくり返す

てなわけで、シェン・テひとりじゃ、手が足りません。でも、みんな、あの子は善人だって口をそろえて言ってます。みんなから、場末の天使って呼ばれてます。そのくらいあの子の店からは善行のオーラがあふれ出てるんです。もっとも建具職人のリン・トーはなにやら文句を言ってますが！
一の神　文句となク？　建具職人のリン・トーがあの娘の悪口を言っているのか？
ワン　いえね、店に造りつけた棚の代金をちゃんと払ってもらってないって言うんですよ。
二の神　なんだと？　建具職人が代金をもらっていない？　シェン・テの店でか？　あの娘はなぜそのようなことをする？
ワン　払う金がなかったんでしょうね。
二の神　それは関係ない。払うべきものは払わねば。よくない兆しは見逃せん。掟は文字どおり果たされねばならんし、掟の精神も大事だ。
ワン　でも、支払わなかったのは従兄で、シェン・テじゃありません！

二の神　では二度とその従兄にあの店の敷居をまたがせてはならん！

ワン　（落ち込んで）わかりました、神さま！　ただシェン・テを弁護させていただきますが、その従兄ってのがすごいやり手らしいんです。警察まで一目置いてますから。

一の神　われわれだってその従兄を頭ごなしに断罪しはしない。正直言って、商売のことはよくわからない。どういうものか調べる必要があるかもしれんな。だが所詮は商売！　その必要はあるかな？　今は猫も杓子も商売をしている！　七人の善王(5)は商売をしたかな？　孔子は魚を売ったりしたかな？　商売は品行方正に生きることとなんの関係がある？

二の神　（ひどく機嫌を損ね）いずれにせよ、二度とあってはならないことだ。

（二の神は向きを変えて歩きだす。他の二柱の神々も向きを変える）

三の神　（最後に弱りながら）今日は厳しいことを言ってすまなかった！　われわれは寝不足で、疲れているのだ。ねぐらに困っている！　金持ちは貧乏人に頼むのが一番だと言うが、貧乏人にはそんなに部屋などない。

神々　（離れていきながら、ののしる）いかんな。一番の善人がこれでは！　目を見張ることは皆無だ！　足りない、足りない！　むろん心を込めているのだろうが、結果が伴っていない！　せめて……。

（聞こえなくなる）

ワン　（神々に声をかける）どうかお慈悲を！　はじめから求めすぎです！

# 4

## シェンテのタバコ店の前

理髪店、絨毯店、シェン・テのタバコ店。月曜日。シェン・テの店の前に人だかり。八人家族の残ったふたり、祖父と弟の妻。それから失業者とシン。

**弟の妻**　昨日は帰ってこなかったよ！

**シン**　信じられない！　あのおっかない従兄がようやくいなくなって、ひと安心して、お米が少しはもらえると思ったのに。夜通し帰らないなんて、どこをほっつき歩いているのやら！

（理髪店から騒がしい声がする。ワンがとびだしてくる。太った理髪師シュー・フーが重たいヘアアイロンを持って追いかけてくる）

**シュー・フー**　一発お見舞いしてやる。うちのお客に腐った水をしつこく売りつけやがって！　お椀を持って、とっとと失せろ！

（ワンはシュー・フーが差しだしたお椀に手を伸ばす。シュー・フーがその手にヘアアイロンを叩きつけたので、ワンは悲鳴を上げる）

**シュー・フー**　いい気味だ！　これで懲りただろう！　（シュー・フーは鼻息荒く理髪店に戻る）

**失業者**　（お椀を拾って、ワンに渡す）訴えたほうがいい。

**ワン**　手が言うことを聞かない。

失業者　折れたのか？
ワン　全然動かない。
失業者　すわって、少し水をかけてみろ！
（ワン、すわる）
シン　自前の水があるから、安く済むじゃない。
弟の妻　朝の八時じゃ布切れ一枚手に入らないよ。シェン・テは夜遊びしたまま！　スキャンダルだ！
シン　（暗い面持ちで）あたしたちのことなんて頭から抜け落ちてるのさ！
（シェン・テが米をいれた鍋を持って路地をやってくる）
シェン・テ　（観客に向かって）こんな朝早く街を見るのははじめてのこと。いままでこの時間には、起きるのがいやで、汚い布団を頭までかぶって寝ていた。でも今日は、新聞配達の少年や、舗道に水を撒く清掃夫や、田舎からとりたての野菜を運んできた牛車にまじって歩いてきた。スンの住んでいるところからここまでは長い道のりだったけど、ひと足ごとに心が軽くなった。恋をすると雲の上を歩くようだと聞いたけど、この地上の舗道を歩いていてもすばらしい。空がピンクに染まり、ほこりがないから澄み切っている。そのせいか、早朝の家並みは灯りのともった瓦礫の山のよう。新鮮な空気を胸いっぱいに吸って、仕事道具をつかむ、しらふの年老いた職人のように起きだすこの時間の街を恋をして見なければ、見落とすものは多い、と詩人が謳っている。（店の前にいる人たちに）おはようございます！　はい、お米！　（シェン・テは米を分け与えてから、ワンを見る）おはよう、ワンさん。今日は浮かれてて、途中のショーウィンドウに映る自分の姿に見惚れているうちに、ショールが欲しくなっちゃった。（少しためらって）おしゃれがしたくて。（急いで絨毯店に入る）

シュー・フー　（ふたたび戸口にあらわれる）

（観客に向かって）驚いた。タバコ店のシェン・テがあんなにきれいだなんて。今までぜんぜん気づかなかった。しばらく見とれてしまった。もう彼女にぞっこんだ。こんなに魅力的な人はいない！（ワンに）とっととうせろ、このごろつき！（シュー・フーは理髪店に戻る）

（シェン・テと年配の絨毯商とその妻が絨毯店から出てくる。シェン・テはショールをかけ、絨毯商は鏡を持っている）

絨毯商の妻　とてもすてきなショールですよ。小さな虫食いの穴があるので、勉強します。

シェン・テ　（絨毯商の妻が腕にかけているショールを見ながら）緑色のもいいわね。

絨毯商の妻　（微笑みながら）でも、あいにくこちらはキズものではないので。

シェン・テ　それは残念。うちの店は繁盛しているわけではないの。出ていくばかりで、入ってくるものが少なくて。

絨毯商の妻　施しなんかするからよ。やりすぎは禁物。はじめはお米一合でも大事にしないと。

シェン・テ　（穴のあるショールを試す）やっぱりこれかしら。今のわたしは浮かれている。この色、似合うかしら？

絨毯商の妻　殿方に訊くのがいいでしょう。

シェン・テ　（絨毯商のほうを向いて）似合うかしら？

絨毯商　そういうことは……。

シェン・テ　（とても丁寧に）いいえ、あなたに答えてほしいの。

絨毯商　（同じように丁寧に）よくお似合いです。しかし裏地を表にだすといいでしょう。

（シェン・テ、金を払う）

綿毯商の妻　お相手が気に入らなければ、いつでも取り替えます。（脇に引っ張っていく）少しは蓄えているの？

シェン・テ　（笑いながら）いいえ。

綿毯商の妻　半年分の家賃は支払えるの？

シェン・テ　半年分の家賃！　すっかり忘れてました！

綿毯商の妻　そうだろうと思ってた！　次の月曜が支払日でしょ。じつは話があるの。知り合いになったあの日、結婚広告をだしたでしょう。妙だなと思ったのよ。わたしたち、あなたが困っているなら助けてあげようと決めたの。蓄えがあるので、二百元なら貸してあげられる。なんなら、タバコの在庫を担保にしてもいいわ。証文なんてもちろんいらない。

シェン・テ　こんな軽薄な女にお金を貸してくださるの？

綿毯商の妻　正直言って、あなたの従兄なら馬鹿な真似はしないでしょうけど、お金を貸す気にはなれないわね。あなたなら安心して貸せる。

綿毯商　（近寄ってくる）話はついたかい？

シェン・テ　奥さんの今の言葉を神さまに聞かせたいです、デンさん。神さまが幸せな善人を探しているんです。恋をして困っているわたしを助けてくれるなんて、おふたりは幸せな善人にちがいないわ。

（綿毯商夫妻は微笑みながら互いの顔を見る）

綿毯商　これがお金だ。

（綿毯商はシェン・テに封筒を渡す。シェン・テは受け取ってお辞儀をする。綿毯商夫妻もお辞儀をし

て店に戻る）

シェン・テ　（封筒を掲げながらワンに）半年分の家賃よ！　これこそ奇蹟じゃなくて？　それに新しいショールはどうかしら、ワンさん？

ワン　公園で会ったあの男に見せたくて買ったのか？

（シェン・テ、うなずく）

シン　ワンさんの手を見たらどうなの？　そんなどうなるかわからない火遊びの話をしている場合じゃないでしょう！

シェン・テ　（驚いて）その手、どうしたの？

シン　理髪師があたしたちの目の前でヘアアイロンを叩きつけたのよ。

シェン・テ　（気づかなかったことに愕然として）ぜんぜん気づかなかった！　お医者に診せないと、手が動かなくなって、働けなくなるわ。大変だわ。早く立って！　行くわよ！

失業者　行くなら、医者よりも裁判官のところだ！　金持ちの理髪師から慰謝料を要求できる。

ワン　取れるかな？

シン　本当にひどい怪我ならな。どうなの？

ワン　腫れてきた。一生補償してもらえるかな？

シン　証人がいるわね。

ワン　みんな見てたじゃないか！　みんな、証言してくれるだろう。

（ワン、見まわす。失業者、祖父、弟の妻が店の壁によりかかって飯を食べている。だれも顔を上げない）

シェン・テ　（シンに）あなた、見ていたんでしょう？

シン　警察とは関わりたくないんだ。
シェン・テ　(弟の妻に)じゃあ、あなたは?
弟の妻　あたし?　見てなかったね!
シン　もちろん見ていたとも。あんたが見ているところを見たわ!　理髪師の顔が利くから、怖いんだ。
シェン・テ　(祖父に)あなたは証人になるわよね。
弟の妻　証人にはなれないわ。ボケてるから。
シェン・テ　(失業者に)一生補償してもらえるかどうかがかかっているのよ。
失業者　俺は物乞いをして二度捕まってるんだ。俺なんかが証言したら、逆効果だ。
シェン・テ　(信じられず)じゃあ、なにがあったか、だれも言う気がないってこと?　白昼、ワンさんの手が折られるところを見ていたのに、口をつぐむというの?　(怒る)

ああ　救いようのない人たち!
仲間が暴力をふるわれても　目をつむるとは!
被害者が悲鳴を上げても　黙っている?
犯人は大手を振って歩きまわり　獲物を探す
それでも言うのね　目につかなければ大丈夫
ひどい町　呆れた人たち!
不正がまかりとおるのなら　デモをするしかない
デモができないのなら　こんな町　滅びたほうがいい!

燃えてしまえ　夜が来る前に！
ワンさん、だれも証人にならないのなら、わたしが見たと証言してあげる。
シン　それは偽証になるわ。
ワン　そんなことをしてもらっていいものやら。でも、やってもらうしかないか。（心配そうに自分の手を見ながら）これだけ腫れてればいいかな？　腫れが少し引いたような気もするんだけど。
失業者　（ワンをなだめる）いいや、腫れは引いちゃいないさ。
ワン　本当に？　そうだな、さっきよりも腫れてきた気がする。きっと手首が折れたんだ！　すぐさま裁判所に行くことにする。（手を見ながら大事そうに抱えて走り去る）
（シン、理髪店に駆け込む）
失業者　あいつ、理髪師にゴマを擦る気だ。
弟の妻　世の中は変えられっこないさ。
シェン・テ　（落胆して）責めるつもりはなかったの。とにかく驚いちゃって。いいえ、やっぱり責めたい。どこかに行って！
（失業者、弟の妻、祖父は口をもぐもぐさせて食べながら退場）
シェン・テ　（観客に向かって）
あの人たちには取り付く島もない　言われれば
立ち止まりもすれば
立ち去りもする！

あの人たちの心を動かすものは　なにもない
食べものの匂いを嗅いだときだけ　色めき立つ
（年配の女が駆けてくる。スンの母親ヤン夫人）

ヤン夫人　（息を切らして）シェン・テさんというのはあなた？　息子から話は聞いています。スンの母、ヤンです。じつは飛行機乗りのポストが見つかりそうなんです！　今朝、ついさっきのことですけど、北京から手紙がとどいたんです。郵便飛行会社の格納庫管理人から。

シェン・テ　また飛べるんですか？　よかったですね、ヤンさん！

ヤン夫人　でも雇ってもらうには大金が必要なんです。五百元。

シェン・テ　それは大金ですね。でもお金のせいで諦めてはいけません。わたしにはお店があります。

ヤン夫人　なんとかしてくださるの？

シェン・テ　（ヤン夫人を抱いて）なんとかしたいのは山々です！

ヤン夫人　有能な人間にチャンスを与えてください！

シェン・テ　せっかくの機会を奪ってはいけないわ！　（しばらく間があって）でも、店はいくらにもなりません。現金で今二百元ありますけど、これも借りたものなんです。でも、持っていってください。タバコの在庫を売れば、返せるお金ですから。（シェン・テは絨毯商の夫婦から借りた金をヤン夫人に渡す）

ヤン夫人　シェン・テさん、助かるわ。息子はこの町で「死んだ飛行機乗り」と呼ばれているんです。死人同然で、もう空を飛べないと、みんなが決めつけているからです。

シェン・テ　でも、まだ三百元いりますね。考えてみましょう、ヤンさん。（ゆっくりと）助けてくれるかもしれない人がいます。一度、知恵を貸してもらったことがあるんです。ずる賢いところがあるので、二度と呼ぶつもりはなかったのですが。あれで本当に最後にするはずでしたけど、飛行機乗りは空を飛ぶべきです。

（遠くでエンジン音）

**ヤン夫人**　その方がお金を作ってくださるなら万々歳だわ！　あれを見てください。あれが北京行きの飛行機。朝の便です！

**シェン・テ**　（きっぱりと）手を振るんです、ヤンさん！　パイロットにわたしたちが見えるでしょう！

（シェン・テはショールを振る）あなたも振って！

**ヤン夫人**　（手を振りながら）飛んでるパイロットを知っているんですか？

**シェン・テ**　いいえ。知っているのはこれから飛ぶことになるパイロットです。だって絶望した人こそ飛ばなくちゃ。せめてひとりぐらい、この悲惨なところを飛び越えるべきです。わたしたちの頭上高く舞い上がるべきなんです！

（観客に向かって）

愛するヤン・スン　雲の仲間！
大きな嵐もなんのその
大空を舞い
遠方の友に
郵便を運ぶ

## 幕間

### 幕の前

（シェン・テ登場。両手にシュイ・タの仮面と衣服を持って歌うのは）

### 無力な神と善人の歌

この国では
役立つ人にも　運がいる
強い助っ人が見つからなければ
役立つことを見せられない
善人は
自分を救えないし　神々も無力
神々よ　なにゆえ悪党を成敗し　善人を守らない
戦車や大砲
戦艦　爆撃機　地雷を使えばいいものを
そのほうが　人間にも　神にも　ずっといいはずなのに

（シェン・テはシュイ・タの衣服を着て、シュイ・タの歩き方で数歩進む）

この国では
善人は　善人でいられない
食べものなければ　つかみあい
神の掟は
貧しさの救いに　ならない
　神々よ　なにゆえ市場に姿を見せないのか
笑顔で商品を分け与えてくれればいいものを
パンと酒で元気になれば
互いに優しくなるのに

（シェン・テはシュイ・タの仮面をつけ、彼の声で歌いつづける）

昼飯にありつくにも　根性がいる
根性見せずば　金持ちになれぬ
悲惨な奴をひとり救うには
十人以上は足蹴にするしかない
　神々よ　なにゆえ天上の声を響かせないのか

善人にはぜひ　良い世界を作ろうと
戦車や大砲を持って　善人に加勢すればいいものを
「撃て！」と号令してくれ！　我慢の限界だ

## 5

## タバコ店

シュイ・タは勘定台に向かってすわり、新聞を読んでいる。掃除をしながらしゃべっているシンには目もくれない。

シン　この界隈で変な噂が立ったら、こんなちっぽけな店なんてあっという間に潰れるよ。本当だって。立派な紳士のあんたが、あの娘と黄色横丁のヤン・スンの妖しげな関係に割って入る潮時じゃないかねえ。十二軒つづきの長屋を持っているお隣の理髪師シュー・フーには歳を取ったおかみさんがひとりしかいないことを忘れちゃいけないよ。昨日あいつはあたしに対して、シェン・テに気があるそぶりを見せたんだ。シェン・テの財産についてもたずねられた。あれは間違いなくホの字だね。

（返事がないので、シンはバケツを持って店から出ていく）

スンの声　（外から）シェン・テの店はここかい？

シンの声　ええ、そうよ。でも、今日は従兄がいるわ。

（シュイ・タはシェン・テのような軽い足取りで鏡のところに駆け寄り、髪を直そうとして、自分がシュイ・タであることに気づき、低く笑いながら鏡から離れる。ヤン・スンが入ってくる。その後ろから興味津々のシンがついてくる。シンはそのままヤン・スンのそばを通って奥の部屋に入る）

スン　ヤン・スンだ。（シュイ・タ、お辞儀をする）シェン・テはいるかい？

シュイ・タ　いいえ、出かけています。

スン　たぶん俺たちの仲はご存じだろう。（スンは店を見まわす）しかし本当に店を持っているとはな！　口から出任せかと思っていた。（スンは小箱や磁器の壺を覗き込んで、満足そうにする）これで、俺はまた空が飛べる！　（スンは葉巻を一本取る。シュイ・タが火をつけてやる）この店で残りの三百元が作れると思うかい？

シュイ・タ　まさか、この店をすぐに売るつもりですか？

スン　現金で三百元あるのかい？　（シュイ・タ、首を横に振る）あいつが二百元をすぐ用立ててくれたのはうれしいが、あと三百元なければ、どうにもならないんだ。

シュイ・タ　従妹は金をなんとかするといいましたが、あれは早計だったようです。店を手放すことになるでしょう。慌てるなんとかは、もらいが少ないといいますな。

スン　すぐに金がいるんだ。さもないとすべてが水の泡になる。いざとなれば、あの娘はためらわないはずだ。ここだけの話だが、これまであいつは迷うことがなかった。

シュイ・タ　そうですか。

スン　あの娘のいいところさ。
シュイ・タ　その五百元をどうするのか伺えますか？
スン　いいとも。俺の腹を探ろうというわけか。北京の格納庫管理人が航空学校時代からの友人でね。五百元渡せば、職を世話すると言ってきたんだ。
シュイ・タ　ずいぶん値が張るのですね。
スン　そうでもない。格納庫管理人はある飛行士の職務怠慢を見つけなければならないんだ。大家族を抱えていて、まじめに勤務している。これはここだけの話だ。シェン・テは知る必要がない。
シュイ・タ　でしょうな。ただ一ヶ月後、今度はあなたが格納庫管理人に売られなければいいですな。
スン　俺は大丈夫さ。手を抜いたりしない。長いこと失業していたからな。
シュイ・タ　（うなずく）飢えたる犬は棒を恐れずと言うわけですな。（しばらくスンの人物を伺う）責任重大ですぞ、ヤン・スンさん。あなたはわたしの従妹に、このささやかな財産とこの町にいる友人をすべて捨てて、自分の運命をあなたの手に委ねろとおっしゃっているわけです。シェン・テとは結婚なさるおつもりなんでしょうな？
スン　そのつもりだ。
シュイ・タ　しかしこの店をはした金で売り払うのはもったいないと思いませんか？　売り急げば買い叩かれるでしょう。あなたの手元にある二百元があれば、半年分の家賃が払えるんです。タバコ屋をつづける気はありませんか？
スン　俺にか？　飛行機乗りのヤン・スンを勘定台に立たせて、「葉巻は強いのになさいますか、穏やかなのになさいますか？」なんてやれというのか？　それはまかり間違ってもヤン・スンがする仕事じゃない！

シュイ・タ　おたずねしますが、飛行機に乗るのはそんなにいい仕事なのですか？

スン　（ポケットから手紙をだして）月給は二百五十元だ！　この手紙を見てみろ。ここの切手に北京の消印がある。

シュイ・タ　二百五十元？　高給ですね。

スン　ただで飛ぶわけがないだろう。

シュイ・タ　いい職のようですね。ヤン・スンさん、あなたが命よりも大事に思っている飛行士の職に就く手伝いをしてくれ、と従妹から頼まれています。従妹の立場を考えれば、心の声に従うことに反対するいわれはないでしょう。愛の喜びに浸ってなにが悪いでしょうか。わたしがすべてを換金します。ちょうどいいところに、大家のミー・チュウさんがいらっしゃった。店を売る相談をしてみます。

大家　（登場）こんにちは、シュイ・タさん。家賃のことだけど、明日が期限よ。

シュイ・タ　ミー・チュウさん、じつは従妹が店をつづけられないことになりました。結婚することになったのです。こちらが（ヤン・スンを紹介する）未来の夫ヤン・スンさんです。従妹は北京に行くことになりまして、そちらで新居を構えるのです。値段次第では、タバコを売りたいのですが。

大家　いくらいるの？

スン　即金で三百元。

シュイ・タ　（急いで）いいえ、五百元です！

大家　（スンに）それなら、あなたを助けてあげられそうね。タバコはいくらで仕入れたの？

シュイ・タ　従妹は一千元で一括払いしました。まだたいして売れていません。

大家　一千元！　それは一杯食わされたわね。そうねえ、店ごとで三百なら買うけど。ただし明後日には引っ越すこと。
スン　そうするとも！　いいよな、従兄殿？
シュイ・タ　それは安すぎです！
スン　充分でしょ！
シュイ・タ　最低でも五百はいただかないと。
スン　なんのために？
シュイ・タ　すみません。従妹の婚約者と少し相談します。（スンを脇に連れていく）タバコは二百元を借りた老夫婦の抵当に入っているんです。昨日、あなたに渡したのはその金です。
スン　（ためらいながら）証文かなにかあるのか？
シュイ・タ　いいえ。
スン　（間を置いて大家に）三百元で手を打つよ。
大家　ところで、店に借金とかはないだろうね。
スン　答えるんだ。
シュイ・タ　借金などありません。
スン　三百元はいつもらえる？
大家　明後日。だから気が変わったら言ってちょうだい。売るのをひと月待てば、もっと高値になるでしょう。わたしが三百元払うのは、若いふたりの幸せのためにひと肌脱ごうと思っただけなの。（退場）
スン　（後ろから）売買成立！　木箱も壺も袋も全部まとめて三百元。これで憂いは消える。（シュイ・

タに）もしかしたら明後日までにもっと高くだすという買い手が見つかるかもしれない。そうすれば、二百元も返せる。
シュイ・タ　そんな急には見つかりませんよ。ミー・チュウが出す三百元以上は期待できないでしょう。ふたりの旅費や当座の生活費はどうするんですか？
スン　大丈夫さ。
シュイ・タ　手持ちはどのくらいあるんですか？
スン　なんとかするさ。盗みをしてでもな！
シュイ・タ　なるほど、それもこれから手に入れると言うわけですか？
スン　心配しなさんな。ちゃんと北京に行ってみせる。
シュイ・タ　けれども、ふたり分の旅費は安くはないですよ。
スン　ふたり分？　あの娘はここに置いていく。足手まといだからな。
シュイ・タ　なるほど。
スン　なんで油漏れした燃料タンクみたいに俺を見る？　とにかく節約しないと。
シュイ・タ　では、従妹にはどうやって暮らせと言うんですか？
スン　あんたに頼めないかな？
シュイ・タ　なんとかしましょう。（間）二百元をひとまず返してくれませんかね、ヤン・スンさん。北京行きの切符を二枚見せてもらえるまでは、ここに置いておきたいのです。
スン　口を出さないでもらおう。
シュイ・タ　シェン・テは……。

スン　俺に任せればいい。
シュイ・タ　これを聞いたら、店を売る気がなくなるかも……。
スン　それでも、売るさ。
シュイ・タ　わたしが反対しても平気ということですか？
スン　あんたねえ！
シュイ・タ　あなたはシェン・テも人間であり、頭がついていることをお忘れのようだ。
スン　（愉快そうに）親類の女は説得すれば、言うことを聞く。そう考える人間がいることに、俺は日頃から驚いている。愛の力や肉体の疼きがどういうものか知らないようだな。あいつの理性に訴える？　端からありっこない！　かわいそうに、これまでひどい扱いばかりされてきたからな！　俺があいつの肩に手を置いて、「ついてこい」と言えば、もう有頂天になって、見境がなくなるもんさ。
シュイ・タ　（やっとの思いで）ヤン・スンさん！
スン　ええと……あんたの名前はなんだっけ！
シュイ・タ　従妹があなたに夢中になったのは……。
スン　俺があいつの胸を撫でてやったからって言いたいのか？　冗談は休み休み言えってんだ！　（スンは葉巻をもう一本取り、さらに数本ポケットに入れて、しまいには葉巻の箱を小脇に抱える）まあ、空手ではあいつに会えないだろうから言うけど、ちゃんと結婚するさ。だからあいつは三百元持ってくる。持ってくるのはあんたでもいい。あいつだろうが、あんただろうが、同じことだ！　（退場）
シン　（奥の部屋から顔を出す）ろくでもない奴だね！　黄色横丁じゃ、あいつがシェン・テをすっかり手なずけてるって有名だよ。

シュイ・タ　（叫ぶ）店がなくなる！　あいつは愛してなんかいない！　破滅だ。おしまいだ！　（シュイ・タは檻に入れられた獣のように歩きまわりながら繰り返す）店がなくなる！　（不意に立ち止まって、シンに話しかける）シン、あなたは場末で育った。わたしもそうだ。わたしたちはそんなに甘いのだろうか？　そんなことはない。わたしたちにはやり返す甲斐性がないのだろうか？　そんなことはない。わたしはあなたの首をつかんで、わたしから盗んだ小銭を吐きだすまで締め上げることだってできる。わかってるだろう。ひどいご時世だ。この町は地獄だ。それでも、つるつるした壁によじ登ろうとあがいている。そんなときにわたしたちのだれかが、恋をするなんていう不幸に見舞われる。それでおしまいだ。つけこまれて、一巻の終わり。どうしたら弱みを見せずにいられるだろう。とくに惚れた弱みは致命的だ。愛情なんてとんでもない！　高くつくだけ！　もちろん、用心すれば生きていける、とあなたは言うだろうか？　なんという世の中だ！

愛撫する手は喉を絞める手に変わる
愛の吐息は悲鳴に変わる
禿鷹が空を舞っている　なぜだ？
逢瀬を楽しむ男女を狙ってる！

シン　すぐに理髪師を呼んでこようじゃないか。理髪師と話をするんだ。あの人は正直者だ。あんたの従妹にはお似合いよ。（返事も聞かずに、シンは店から駆けだす）
（シュイ・タは、シンに連れられてシュー・フーがあらわれるまで、また歩きまわる。シンはシュー・フーに合図されて、場をはずす）
シュイ・タ　（急いで出迎える）どうも、聞いたところでは、従妹がお気に召しているそうですね。本当なら失礼なことはしないのですが、シェン・テは今たいへん困っているのです。

シュー・フー　ほう！

シュイ・タ　ついさっきまで自分の店を構えていましたが、今では宿無し同然なのです。シュー・フーさん、この店は破産しました。

シュー・フー　シュイ・タさん、シェン・テさんの魅力はこの店のよさではなく、あの人の心根にあるんだ。この界隈の者があの人につけた名前でわかる。なにせ「場末の天使」！

シュイ・タ　しかしその心根のよさが災いして、従妹はたった一日で二百元も失ったのです！　もう心に鍵をかけさせないと。

シュー・フー　失礼だが、俺の考えはちがう。心に鍵をかけたりしないほうがいい。いいことをするのはあの人の本性だ。あの人は四人に食べものを分けている。毎朝それを見て、感服していた！　どうせなら四百人を食わせてやったらいい。聞いたところでは、数人の宿無しを泊めるのに苦心しているそうじゃないか。食肉工場の裏に長屋を持っているんだが、今は空き家だ。使ってくれてもいい。この数日、そんなことを考えていた。シュイ・タさん、シェン・テさんに話してくれないかな？

シュイ・タ　シュー・フーさん、すばらしいお話です。従妹は感動するでしょう。

（ワンと警官が入ってくる。シュー・フーは背を向けて、棚を見まわす）

ワン　シェン・テさんはいるかい？

シュイ・タ　留守ですが。

ワン　あっしは水売りワンだ。あんたがシュイ・タさんか？

シュイ・タ　そのとおりです。こんにちは、ワンさん。

ワン　シェン・テとは友だちなんだ。
シュイ・タ　昔から友人なのは知っています。
ワン　（警官に）ほらね？　（シュイ・タに）手のことで来たんだ。
警官　骨折しているのは間違いない。
シュイ・タ　（すかさず）腕を吊ったほうがいいですね。（奥の部屋からショールを持ってきて、ワンに投げてやる）
ワン　これって新品のショールじゃないか。
シュイ・タ　もういらなくなったんです。
ワン　だけど、だれかに気に入られたくてシェン・テが買ったものだぞ。
シュイ・タ　だがもう必要ないことがわかったんです。
ワン　（ショールで腕を吊ってみる）シェン・テがただひとりの証人なんだ。
警官　理髪師のシュー・フーがヘアアイロンでこの水売りを殴るところを、あなたの従妹が目撃したという話なのだが。
シュイ・タ　事件が起きたとき、従妹はその場に居合わせなかったはずですが。
ワン　そんな馬鹿な！　シェン・テを連れてきてくれ。そうすりゃ、はっきりする。シェン・テがなにもかも証言してくれる。どこにいるんだい？
シュイ・タ　（真面目に）ワンさん、従妹の友人だと言いましたね。従妹は今、問題を抱えているんです。いろんな人からいいようにされていて、弱みを見せられないんです。あなたの件で嘘をつけば、すべてをなくすかもしれません。あなたがそこまで求めるはずはありませんよね。

ワン　（困惑して）だけど、シェン・テに言われて裁判所に行ったのに。
シュイ・タ　裁判官があなたの手を治療してくれますか？
警官　それは無理だ。理髪師に治療費をださせたいと言っている。
（シュー・フー、振り向く）
シュイ・タ　ワンさん、わたしは原則的に、友人のあいだのいざこざには口をはさまないことにしています。（シュイ・タはシュー・フーに一礼する。シュー・フーも礼を返す）
ワン　（ショールをはずして、しょんぼりしながら返す）わかったよ。
警官　わたしは失礼してよさそうだな。まったくどうかしているぞ、お大尽さんを訴えるなんて。次はもう少し気をつけろ。シュー・フーさんが目をつむってくださらなけりゃ、名誉毀損でブタ箱行きだ。失せろ！
（ふたり退場）
シュイ・タ　とんだ茶番をお見せしました。
シュー・フー　大目に見てやるさ。（切実なようすで）だれかに気に入られたくてって話だったが（ショールを指差す）本当に終わった話なのか？　後腐れなく。
シュイ・タ　後腐れありません。相手の化けの皮がはがれましたので。もちろん心の傷が癒えるまで時間がかかるでしょうが。
シュー・フー　気をつけよう。
シュイ・タ　できたばかりの傷ですので。
シュー・フー　田舎を旅したほうがいい。

シュイ・タ　ええ、二、三週間は。信頼できる方と相談できれば、きっと喜ぶでしょう。
シュー・フー　軽い夕食などどうかな。小さいが、味のいい料理屋がある。
シュイ・タ　大げさでないほうがいいですね。すぐ従妹に伝えます。招待を受けると思います。神さまの贈りものだと思っているこの店のことで胸を痛めていますので。しばしお待ちください。（奥の部屋に下がる）
シン　（顔をだして）おめでとうございます。
シュー・フー　ああ。シンさん、シェン・テさんが面倒を見ている連中のところへ行って、食肉工場の裏にある俺の長屋に泊まっていいと伝えてくれないか。
（シンはにやっとしてうなずく）
シュー・フー　（立ち上がって、観客に）みなさんは、どうかね？　うまくやっただろう。これ以上ない無私の心。繊細な心遣い。広い心。ささやかな夕食をごちそうする！　下心なんて毛頭ない！　なにも起きはしない。手にも触れない。塩入れを渡すときに偶然指に触れることだってない！　ただ相談をするだけ。それでふたりの心は通う。卓上の花を介して。花は白菊がいいな。(6)（メモをとる）そうだ。不幸につけこんではいけない。向こうは落胆しているんだ。気持ちをわかってやり、救いの手を差し伸べる。それも、さりげなく。目つきで気づかせる。意味深な目つきでな。
シン　うまくいったようですね、シュー・フーさん？
シュー・フー　ああ、うまくいった！　これでこの界隈も変わるだろう。問題児は追いだせたし、この店を巡る腹黒い策略は空振りとなる。町一番の純粋な娘の評判を落とそうとする輩は、俺が相手だ。ヤン・スンという男についてなにか知らないか？

シン　薄汚いぐうたらで……。
シュー・フー　なんだそんな奴なのか。いないも同じだ。相手にならん、シンさん。
（スン登場）
スン　どうしたんだ？
シン　シュー・フーさん、シュイ・タを呼びましょうか？　あの人は、他人に店をうろつかれるのをいやがりますから。
シュー・フー　シェン・テさんはシュイ・タさんと大事な話をしている。邪魔をしちゃいかん。
スン　なんだ、シェン・テがいるのか？　店に入るところを見なかったがな！　それより大事な話ってなんだい？　俺にも聞かせてくれ！
シュー・フー　（スンが奥の部屋に入るのを遮る）我慢しなさい。あんたが何者かわかっている。だから教えておく。シェン・テさんと俺は、これから婚約発表をするんだ。
スン　はあ？
シン　驚いただろう？
（スンは奥の部屋に入ろうとして理髪師ともみ合いになる。シェン・テが出てくる）
シュー・フー　すまない、シェン・テさん。よかったらこいつに説明を……。
スン　どういうことだ、シェン・テ？　気は確かか？
シェン・テ　（息を切らして）スン、シュー・フーさんがこの界隈の人を援助しようと申しでてくださったの。従兄とシュー・フーさんから、そのことを聞いたところ。（間）従兄はわたしたちのことに反対なのよ。

スン　納得したのか？
シェン・テ　ええ。
（間）
スン　あいつら、俺が悪党だって言ったんだろうな。
（シェン・テ、押し黙る）
スン　そうかもしれないな、シェン・テ。だからこそ、おまえが必要なんだ。俺はだめな奴さ。文無しな上にがさつだ。だけど、泣き寝入りするもんか。あいつらはおまえを不幸にするぞ、シェン・テ。（スンはシェン・テに詰め寄り、声をひそめて言う）奴を見てみろ！　目がついてるんだろう？（シェン・テの肩に手を置く）かわいそうに。なんて奴らだ。分別のある結婚か！　俺があらわれなかったら、一巻の終わりだった。俺とのことがなかったら、あんな奴と結婚したりしないだろう？
シェン・テ　そうね。
スン　好きでもない男と結ばれるのか？
シェン・テ　ええ。
スン　なにもかも忘れたのか？　雨の日のことを？
シェン・テ　忘れてはいないわ。
スン　俺を枝から下ろして、水を買ってくれた。俺がまた飛べるように金を作ると約束したじゃないか。
シェン・テ　（ふるえながら）どうしろというの？
スン　俺と結婚しろ。
シェン・テ　シュー・フーさん、すみません。わたしはスンと結婚します。

スン　俺たちは愛し合ってるんだ。わかったかい。（スンはシェン・テを戸口へ連れていく）店の鍵はどこだ？　（スンはシェン・テの懐から鍵をだし、シンに渡す）片づけがすんだら、これを敷居の上に置いておいてくれ。行くぞ、シェン・テ。
シュー・フー　これじゃ、拉致も同じだ！　（奥に向かって叫ぶ）シュイ・タさん！
スン　あいつに、わめくなって言うんだ。
シェン・テ　どうか従兄を呼ばないでください、シュー・フーさん。わたしとは意見がちがうのはわかっています。でも、従兄は間違っています。そう感じるんです。
（観客に向かって）
わたしは愛する人と行く
損得勘定なんてしない
いいことかどうかも考えない
彼が愛してくれているかどうかも関係ない
わたしは愛する人と行く
スン　そういうことさ。
（ふたり、退場）

**幕間**

幕の前

シェン・テは着飾って結婚式に向かう途中、観客のほうを向く。

シェン・テ　ショックでした。ウキウキしながら店から出ると、通りに絨毯商の夫人が立っていたんです。ご主人がわたしに貸したお金のことで心労がたまり、体を壊したと言うんです。取りあえず、お金を返してほしいと言われました。もちろんすぐに返すと約束しました。夫人はほっと胸をなで下ろして、泣きながらごめんなさいと言って、お幸せにと祈ってくれました。結局、絨毯商の老夫婦はわたしの従兄のことも、スンのことも信用できなかったってことです。夫人がいなくなると、わたしは外階段にへたり込みました。自分のやってることにショックを受けて、気持ちが千々に乱れて、ヤンの腕の中に倒れ込みました。彼の声や愛撫に、わたしは抗えませんでした。スンはシュイ・タにひどいことを言ったけれど、シェン・テは心変わりしませんでした。彼の腕の中で、考えました。

神さまも、わたしが自分に対して善行を施すことをお望みのはずだ、と。

だれにもひどいことをしないというのは　自分自身にも当てはまること
どんな人のことも幸せにするというのは　自分自身にも当てはまるはず
それが善というもの(7)

それにしても、あの老夫婦のことを忘れていたなんて！　スンは小さなハリケーンね。わたしの店を北京のほうに吹き飛ばしてしまった。友だち諸共。でも、あの人は悪い人じゃない。わたしを愛してくれている。わたしがついていれば、悪いことはしないはず。男同士の話なんて、なんの意味もない。ただつっぱって見せているだけ。負けじとね。あのお金がないと、老夫婦は税金が払えない、と言えば、きっとわかってくれる。そこまでして飛行士になる気はないと言って、セメント工場で働くでしょう。飛ぶことがあの人の生き甲斐なのはわかってる。わたしは、あの人をいいほうに導けるかしら？　結婚式に向かっている今も、怯えと喜びのあいだで、わたしの心は揺れている。（急いで退場）

## 6

### 郊外の安い料理店の控え室

給仕が結婚式の客たちに酒を注いでいる。シェン・テのそばに、祖父と弟の妻と姪とシンと失業者が立ち、僧侶が隅でひとりポツンと立っている。舞台のツラでスンは母親のヤン夫人と話している。スンはタキシードを着ている。

**スン**　困ったよ、おふくろ。あいつ、俺のために店は売れないって無邪気な顔して言うんだ。あいつがおふくろにくれた二百元も、貸した奴から返してくれと迫られているらしい。もっとも、従兄によると、証文はないらしいけど。

**ヤン夫人**　おまえ、なんて答えたの？　それなら、結婚はなしだね。

**スン**　あいつに話しても無駄さ。まったく頑固で。従兄を呼んである。

ヤン夫人　だけど、理髪師と結婚させようと画策した人でしょ。
スン　それは、俺が破談にした。理髪師はたまげていた。あいつの従兄ならすぐにわかるはずだ。俺が二百元を返さなければ、店はかたに取られておしまいになるし、さらに三百元が手に入らなければ、俺の働き口の話はなかったことになるってね。
ヤン夫人　店の前で見張ってるよ。おまえは花嫁に声をかけておやり、スン！
シェン・テ　（酒を注ぎながら観客に）やはりわたしの見る目に間違いはありませんでした。あの人は失望したような顔ひとつ見せません。飛ぶのを諦めるのは辛いはずなのに、にこやかに振る舞っています。心から愛しています。（スンを手招きする）スン、まだ花嫁と乾杯していないわよ！
スン　なにに乾杯する？
シェン・テ　未来に乾杯しましょう。
　　（ふたりは飲む）
スン　花婿のタキシードを借りなくてもすむ未来に！
シェン・テ　それでも、花嫁の衣装に雨が降ることもあるわ！
スン　俺たちの望みがすべて叶うように！
シェン・テ　すぐに叶うといいわね！
ヤン夫人　（退場しながらシンに）息子には惚れ惚れするわ。お嫁さんは選り取り見取りだって言っていたのよ。なんてったって、機械工学を学んで、飛行士になったんだから。なのに、なんて言ったと思う？　おふくろ、愛する人ができたから結婚する。金がすべてじゃない。恋愛結婚万歳！（弟の妻に）そりゃあ、いつかは結婚するでしょう。でも、母親には辛いことなのよ。本当に辛い。（振り返って僧侶に声をかける）適当にやらないでくださいね。決めた値段分はしっかり時間をかけてくれれば、いい式になるでしょう。（シェン・テに）でもはじめるのをもう少し遅らせないと。大事な客がひとりまだ来ていないのよ。（一同に）すみませんねえ。（退場）

**弟の妻**　お酒があるうちは、喜んで待ちますよ。

（みんな、すわる）

**失業者**　じゃあ、いただくか。

**スン**　（客の前でおどけつつ、大きな声で）花嫁よ、式を挙げる前に、ちょっとテストをしようじゃないか。急に結婚することになったから、テストは必要だ。（客たちに）俺は花嫁がどんな女かまだよく知らないんだ。それが気になってね。たとえば三人分の茶葉でお茶を五杯いれられるかい？

**シェン・テ**　それは無理ね。

**スン**　てことは、俺はお茶をもらえないんだな。お坊さんが持っている本と同じ大きさの布団で眠れるかい？

**シェン・テ**　ふたりで？

**スン**　ひとりでだ。

**シェン・テ**　無理ね。

**スン**　なんてこった。ひどい嫁もあったもんだ。

（一同笑う。シェン・テの背後にある戸口にヤン夫人があらわれ、肩をすくめて、待っている客があらわれないことをスンに知らせる）

**ヤン夫人**　（時計を指している僧侶に）そう急かないでくださいな。せいぜい二、三分のことなんだから。

見たところ、みんな飲んだり、タバコを吸ったりして、のんびりしてますよ。
（ヤン夫人は客にまじってすわる）
**シェン・テ**　でも、いろいろ先々のことを決めておかないと。
**ヤン夫人**　あらやだ、仕事の話はやめましょう！　せっかくの式がしらけてしまうわ。
（入口の鈴が鳴る。みんな、戸口を見るが、だれも入ってこない）
**シェン・テ**　お母さんはだれを待ってるのかしら、スン？
**スン**　おまえを驚かせたいのさ。それより従兄のシュイ・タはどうしたんだ？　彼とは気が合うんだ。とても分別がある！　頭がいい！　なんで黙ってるんだ？
**シェン・テ**　どうかしら。従兄のことは考えたくないわ。
**スン**　なんでだ？
**シェン・テ**　仲良くしてほしくないからよ。わたしを好いているのなら、従兄を愛せないはずよ。
**スン**　じゃあ、三重苦に見舞われればいいさ。故障と霧とガス欠。さあ、飲めよ、頑固娘！
（スンはシェン・テに無理矢理酒を飲ませようとする）
**弟の妻**　（シンに）なんか変じゃない。
**シン**　こんなもんでしょう。
**僧侶**　（時計を手にし、決然としてヤン夫人のところへ行く）もう失礼しなくては、ヤン夫人。次の結婚式があるのです。明日の朝には葬式も控えているんですよ。
**ヤン夫人**　好き好んで式を延ばしていると思います？　酒は甕ひとつで済むと思っていたんですよ。なのに、ほら、もうなくなりそう。（大きな声でシェン・テに）ねえ、シェン・テさん、あなたの従兄はなぜこんなに待たせるのかしら！

**シェン・テ**　わたしの従兄？

**ヤン夫人**　そうよ、待ってるのは、あなたの従兄なんだから。わたしは古い人間だから、花嫁に近い親戚には式に出てもらわなくちゃと思っているのよ。

**シェン・テ**　スン、三百元が目当てなのね？

**スン**　（シェン・テを見ずに）理由は聞いたとおりさ。おふくろは古い人間なんだ。尊重しないとな。もう十五分は待とう。なにかあって、それでもあらわれなかったらはじめよう！

**ヤン夫人**　息子が郵便飛行士の職を見つけたことは、みなさん、ご存じでしょう。本当にほっとしたわ。こんな時代だから、いっぱい稼いでもらわないと。

**弟の妻**　北京に行くんですってね？

**ヤン夫人**　ええ、北京なの。

**シェン・テ**　スン、北京行きの話はなかったことにしたとお母さんに言わないと。

**スン**　従兄がおまえと同じ意見なら、従兄に言ってもらうさ。内緒だが、彼の考えはちがう。

**シェン・テ**　（驚いて）スン！

**スン**　このセツアンが嫌いだ！　ひどい町だ！　この町の人間を薄目で見ると、どういうふうに見えると思う？　駄馬の群れさ。頭上で爆音がすると、なにが飛んでいるんだろうって、首を伸ばして眺める。もう役に立たないっていうのに。こいつらの時代は終わった。駄馬しかいない町でくたばっちまえってんだ！　ああ、ここから抜けだしたい！

**シェン・テ**　だけど、あの老夫婦にはお金を返すと約束したのよ。

スン　ああ、そういう話だったな。おまえはそういう馬鹿なことをするから、従兄に来てもらったほうがいいんだ。ほら、飲め。仕事の話は俺たちに任せろ！　俺たちで片づける。
シェン・テ　（愕然として）でも、わたしの従兄は来られないわ！
スン　どういうことだ？
シェン・テ　もうこの町にはいないもの。
スン　じゃあ、俺たちの将来はどうなるんだ？　言ってくれ。
シェン・テ　二百元はまだ持っているわよね？　明日それをあの老夫婦に返して、タバコを手放すのをやめるのよ。もっとずっと価値があるんだから。半年分の家賃は払えそうにないから、いっしょにセメント工場の前に露店をひらいて売るの。
スン　忘れろ！　さっさと忘れるんだ！　俺が通りに立って、セメント工場の工員にタバコを売るっていうのか？　この飛行機乗りのヤン・スンが？　そんなことをするくらいなら、二百元をひと晩で使い切るか、ドブに捨てたほうがましだ！　おまえの従兄は俺の気性を知っている。三百元持って結婚式に来ると言ってたんだ。
シェン・テ　わたしの従兄は来られないわ。
スン　すっぽかすはずはない。
シェン・テ　わたしのいるところにはいられないの。
スン　なんだ、それ！
シェン・テ　スン、わかってちょうだい。従兄はあなたの友人ではないわ。あなたを愛してるのはわたしよ。従兄のシュイ・タはだれも愛していない。わたしの友ではあるけど、わたしの友の友にはなれない。あなたが北京で飛行士になれると思って、老夫婦から借りたお金を渡すことに同意したけど、この結婚式に三百元を持ってくることはないわ。
スン　どうしてだ？
シェン・テ　（スンの目を見ながら）あなたが北京行きの切符を一枚しか買わなかったと言ってる。
スン　ああ、それは昨日の話だ。今日はほらこのとおり！（スンは二枚の切符を半分ほど胸ポケットからだす）おふくろには内緒だ。北京行き二枚、俺とおまえの分だ。これでも従兄は結婚に反対するかな？
シェン・テ　それなら反対しないわ。いい働き口だし。お店ももうないわけだし。
スン　おまえのために家具まで売った。
シェン・テ　もう言わないで！　切符も見せないで！　本当にあなたと行けるかどうか不安でたまらないの。だけど、スン、三百元はあげられない。あの老夫婦がひどい目に遭うもの。
スン　俺はどうなんだ？（間）それより飲もう！　それとも、おまえはそんなに用心深い女なのか？　俺はそういう小心者は好かない。俺は酒を飲んでたって、空を飛ぶ。おまえも飲めば、俺がわかるだろうぜ。
シェン・テ　わかるとは思えないわ。あなたが空を飛びたいのはわかるけど、助けるのは無理。
スン　「ほら、飛行機をどうぞ、あなた。でも翼は片方だけ！」って言うのか。
シェン・テ　スン、北京で職につくやり方がよくないわ。やっぱり、あの二百元がいるのよ。すぐに返して、スン！
スン　「すぐに返して、スン！」なんて言い種だ。おまえは俺の女房なのか、女房じゃないのか、どっちだ？　おまえは俺を裏切ろうとしている。わかるか？　幸いなことに、おまえにはもうなにもできない。すべて片がついたんだ。

ヤン夫人　（冷ややかに）スン、花嫁の従兄が来るっていうのは確かなのかい？　これだけ待っても来ないということは、結婚に反対なんじゃないかね。

スン　なにを言うんだ、おふくろ！　あいつと俺は一心同体だ。あいつには花嫁の介添人になってもらう。来たら、すぐ俺が見つかるように、戸口を開けておこう。（スンは戸口へ行くと、足で押しあけ、それから飲み過ぎて足をふらふらさせながらシェン・テのところに戻ってすわる）それじゃ、待とう。おまえの従兄は俺より分別がある。愛は人生の一部だなんて、うまいことを言ってる。そしておまえにとって店や結婚よりも大事なものがなにかちゃんとわかっている！

（みんなで待つ）

ヤン夫人　来たわね！

（足音が聞こえ、みんな、戸口を見る。だが足音は通りすぎる）

シン　これはまずいね。まじでそう思う。花嫁は結婚式を待ちわび、花婿は従兄殿を待ちわびる。

スン　従兄はなかなか来ないな。

シェン・テ　（小声で）ああ、スン！

スン　ポケットに切符を入れて、計算もできない馬鹿な娘を脇に置き、こんなところでぐずぐずしているなんてな！　そのうち、二百元を取りもどすために、おまえが警察を寄こす日が来るだろう。

シェン・テ　（観客に向かって）この人は悪人です。わたしにも悪人になれと迫っています。この人を愛するわたしがここにいるのに、この人は従兄を待ちわびている。でも、わたしのまわりにいるのは弱者ばかり。病気の夫を抱えたおばあさん、毎朝お米が欲しくて店の前に立つ貧乏な人たち、知らない人だけど、職を失う恐れのある北京の知らない人。みんな、わたしを信用することで、守ってくれている。

スン　（酒が残り少なくなったガラスの甕を見つめる）この甕が俺たちの時計だ。俺たちは貧乏人だ。客が酒を飲み終われば、おしまいだ。

（ヤン夫人はスンに黙っていろと合図する。また足音が聞こえてきたからだ）

給仕　（登場）酒をもっとだしましょうか、ヤン夫人？

ヤン夫人　いいえ、もうたくさんよ。これ以上飲んだら、体が火照るばかりだもの。

シン　高くつくしね。

ヤン夫人　わたしはお酒を飲むと汗をかくのよ。

給仕　では、そろそろお勘定を。

ヤン夫人　（聞かないふりをして）みなさん、もうしばらくの辛抱をお願いします。親類がこちらに向かっているところなのです。（給仕に）邪魔をしないで！

給仕　お勘定をいただくまでは、お帰しできません。

ヤン夫人　わたしのことは知っているくせに！

給仕　だからこそです。

ヤン夫人　なんてひどいことを言うの！　なにか言ってよ、スン。

僧侶　失礼します。（重々しい雰囲気で退場）

ヤン夫人　（絶望して）みなさん、どうぞゆっくりなさってください！　お坊さんはすぐに戻られますので。

スン　もういいじゃないか、おふくろ。坊さんも帰ったことだし、お開きにしよう。

弟の妻　行くわよ、おじいさん！
祖父　（グラスを一気に飲み干して）花嫁に乾杯！
姪　（シェン・テに）気にしないで。よかれと思って言ったんだから。あんたが好きなのよ。
シン　面目丸つぶれだね！
（客はみな、退場）
シェン・テ　わたしもぼちぼち。
スン　いや、待つんだ。（スンはシェン・テの花嫁衣装を引っ張って、自分の斜め横にすわらせる）おまえの結婚式じゃないか。俺もおふくろもまだ待っている。おふくろは雲間を飛ぶタカを見たがっている。ただし厄日でもなければ、轟音を立てて飛ぶ飛行機を家の戸口から見ることはないだろう。（空っぽの席に向かって、まだ客がいるかのように）おい、みんな、なんで黙ってるんだ？　ここが気に入らないのか？　大事な親戚が来ないので、式の始まりが少し遅れているだけだ。そして花嫁が愛のなんたるかを知らないせいでな。余興に花婿である俺が歌を聞かせよう。（スン、歌う）

### 厄日の歌

貧しい生まれなら
聞いたことがあるだろう
貧しい女の息子が黄金の玉座につく日のことを
それこそ　厄日というもの

厄日でもなければ
黄金の玉座につけぬ

善人が報われ
悪人の首が飛ぶ
因果応報とはよく言った
善人面してもらおう　パンと塩
だが待てど　暮らせど
パンと塩は手にできぬ

草が空に生え
石が上流に転がる
善人だけのこの世
黙っていても　この世は天国
だが待てど　暮らせど
この世は天国にならず

俺は飛行士
おまえは将軍

暇な男が　仕事にありつき
哀れな女は　ほっとひと息
　だが待てど　暮らせど
　女はひと息できぬ

もう待ちきれないぞ
だから後腐れなく
夜の七時半でも　八時でもだめ
どうせなら　一番鶏の鳴くときに
　だが待てど　暮らせど
　一番鶏は鳴かず

ヤン夫人　来やしないよ。
（三人はすわっている。そのうちのふたりは戸口をうかがっている）

**幕間**

ワンのねぐら

水売りワンの夢枕にふたたび神々があらわれる。水売りは大きな本を枕にして寝ている。音楽。

ワン　こりゃどうも、神さま！　じつはとても気になっていることがあって、うかがいたいんですが。お坊さんをやめて、セメント工場の見習い作業員になった人がいるんですよ。そいつが住んでたおんぼろの小屋で一冊の本を見つけたんです。その本に妙な一節がありまして。ちょっと読んでみますね。ここです。（ワンは膝に載せた本の上に空想上の本を置いて、左手でめくり、右手をだらんとさせながら、左手でその空想上の本を持ち上げる）「スンなる土地にイバラ森と呼ばれるところあり。キササゲ、イトスギ、クワが生い茂り、幹の太さ一、二尺の木は切り倒されて犬小屋となり、幹の太さ三、四尺の木は切り倒されて貴族や金持ちの家で棺桶となる。幹の太さ七、八尺の木は切り倒されて絢爛豪華な館の梁となる。こうして木は天寿を全うせず、生の半ばにて斧や鋸の餌食となった。これぞ、有益であるゆえの苦悩なり」。

三の神　それだと、もっとも無用なものが一番いいことになるな。

ワン　ええ、一番幸せだってことです。もっともだめなものが一番幸せ。

一の神　そういう見方もあるのか！

二の神　そのたとえ話がなぜそんなに気になるのだ、水売り？

ワン　シェン・テのせいです、神さま！　あの娘は隣人愛[8]を貫いて、恋に破れたんです。あの子は本当に、この世界にとっちゃ善人すぎるんでしょうね！

一の神　馬鹿を申すな！　軟弱な、惨めったらしい人間め！　シラミと疑念にたかられたようだな。

ワン　そのとおりです、神さま！　申し訳ありません！　神さまならなんとかできないかなと思いまして。

一の神　それは無理だ。わが同輩は昨日（一の神は三の神を指差す。三の神は目に青痣を作っている）喧嘩に割って入って、このざまだ。
ワン　しかしもう一度、従兄に出張ってもらう必要があるんです。すごいやり手なんですよ。あっしは身をもって体験しました。でもその従兄でも、なすすべがなくて、店も手放しちまったようです。
三の神　（落ち着きをなくして）救いの手を差し伸べたほうがいいかな？
一の神　自力で切り抜けなければいけない。
二の神　（厳しく）善人は壁にぶち当たれば当たるほど、本領を発揮する。苦労は買ってでもせよと言うではないか！
一の神　われわれはあの娘に希望を託している。
三の神　善人探しは難しいものだ。その萌芽はそこここに見られるし、主義主張は高らかに唱えられているが、それでも善人はなかなか生まれない。旅の途中で出会う善人はみな、人間らしい暮らしをしていない。（声をひそめて）とくにねぐらがひどい。われわれの服についているわら屑を見れば、毎晩どういうところに寝泊まりしているかわかるというものだ。
ワン　一度だけでいいんです。せめて一度……。
神々　だめだ。われわれは見ていることしかしない。善人はこの暗い世の中でも自分の道を切りひらくはずだ。重荷を負えば、それだけ力がみなぎるものだ。見ていたまえ、水売り。いずれわかるはずだ。すべて丸く……。（神々の姿はしだいに消えていき、声も小さくなっていく。やがて姿は見えなくなり、声も聞こえなくなる）

## 7

## シェン・テのタバコ店の裏手

荷車にいくばくかの家財道具が載っている。シェン・テとシン、洗濯紐から洗濯ものを取る。

シン　もっとがむしゃらになって店を守ればよかったのに、どうしてそうしなかったんだい？　わからないね。

シェン・テ　どうすればよかったというの？　家賃すら払えないのよ。絨毯商の老夫婦には今日、二百元を返さないといけないのに、そのお金を他の人に渡してしまった。タバコをミー・チュウさんに売るしか手はなかったわ。

シン　これでもうすっからかんだ！　彼氏も、タバコも、住む家も！　うちらよりもましな暮らしを望めば、こうなるのがオチさ。これからどうやって生きていくつもり？

シェン・テ　わからない。タバコの選別とかやって細々暮らそうかしら。

シン　あら、どうしてシュイ・タさんのズボンがここにあるのかしら？　ズボンもはかずに出てったわけ？

シェン・テ　別のズボンがあるわ。

シン　あんた、シュイ・タさんはもう帰って来ないと言っていたわよね。それなら、なぜズボンを置いていったのかしら？
シェン・テ　もういらなくなったんでしょう。
シン　じゃあ、荷物に入れなくていいの？
シェン・テ　ええ。
（シュー・フー、駆け込むようにして登場）
シュー・フー　なにも言わなくていい。すべてわかっている。あなたを信用した年寄り夫婦を破産させないために、あなたは自分の愛を犠牲にした。猜疑心と悪意が充満するこの界隈で、あなたが「場末の天使」と呼ばれているのも当然だ。あなたの婚約者はあなたの人徳を高めることができず、あなたは婚約者を捨てた。そして店を閉じようとしている。多くの人にとって避難場所のような小島だったのに！　見ていられない。毎朝あなたの店の前にやってくる哀れな者たちと、米を分け与えるあなたを店から見てきた。それがもう永久に見られないのか？　善行が地に墜ちていいのか？　よかったら、援助させてくれ！　なにも言わなくていい！　保証も約束もいらない。わたしの援助を受け取ってくれるだけでいいんだ！　ほら、これ。（シュー・フーは小切手帳をだして、一枚に署名すると、シェン・テの荷車の上に置く）金額は記入しない。欲しいだけ書き込んでかまわない。それじゃ、なんの見返りも求めず、静かに慎ましく、つま先立ちで、敬意を捧げつつ、自分を捨てて退散することにする。（退場）
シン　（小切手を調べて）助かったじゃないの！　あんた、ついてるね！　いつだって馬鹿な男があらわれる。ほら、お取りよ！　一千元と書いたらいい。あの旦那が考え直さないうちに、あたしがひとっ走り、銀行に行ってきてやるよ。

シェン・テ　洗濯籠を荷車に載せてちょうだい。洗濯代くらい、小切手がなくても払えるわ。
シン　えっ？　小切手をもらわないつもり？　それはないでしょ！　結婚しなくちゃならなくなるとでも言うの？　どうかしてるよ。ああいう奴は、いいように振りまわされたいのさ！　それがうれしいんだ。まだあの飛行機乗りに未練があるのかい？　あいつがあんたにひどい仕打ちをしたのは、あいつが住む黄色横丁でも、この界隈でも知らない者はいないくらいだ。
シェン・テ　背に腹は代えられなかったのよ。
（観客に向かって）
あの人が眠っているときにみせる顔と言ったら　まさに悪人面
夜明けにあの人の上着を日に当ててみると　すけすけで壁まで見える
あの人のずるそうな笑みを見ると　怖くなる
でもあの人の穴があいた靴を見ると　たまらなく愛おしくなる
シン　この期に及んでもまだあいつの肩を持つのかい？　呆れてものが言えないよ。（怒って）あんたがこの界隈からいなくなれば、ほっとする。
シェン・テ　（洗濯ものを取り込もうとして、ふらっとよろける）なんだか眩暈がする。
シン　（洗濯ものを取る）伸びをしたり、かがんだりすると、よく眩暈がするのかい？　もしかして子どもができたんじゃないの？　（笑う）あいつめ、やってくれたね！　もしそうなら、小切手もおじゃんだ！　理髪店の旦那もそこまで考えていなかっただろうからね。
（シンは籠を抱えて裏手に行く）
（シェン・テは身じろぎしないでシンを見送り、それから自分の腹を見てさする。その顔には歓喜の表

情）

シェン・テ　（小声で）うれしいわ！　お腹に子どもがいる。見ただけではわからないけど、ここにいる。人知れず生まれようとしている。この地方の町では、夢を叶えてくれる子が生まれるって噂されているじゃない。（幼子を観客に紹介する）飛行機乗りです！

ようこそ　未知の山脈を越え
前人未到の地を踏破する　新しい征服者！
道なき砂漠をものともせず
人から人へ郵便を運ぶ！

（シェン・テは小さな息子の手を引きながら行ったり来たりする）

ほら、ぼうや、この世界をご覧なさい。これが木よ。お辞儀をなさい。（シェン・テはお辞儀をしてみせる）さあ、これでもう知り合いね。あら、水売りのおじさんがやってきた。お友だちよ。握手なさい。怖くないから。「息子に新鮮なお水を一杯くださらない？　暖かいわね」（シェン・テは息子にお椀を渡す）あら、おまわりさんだわ！　会わないほうがいいわね。そうだ、お金持ちのフェー・プンさんのお庭でサクランボを少しもらいましょう。でも、見つからないようにするのよ。おいで、父なし子！　あなただって、サクランボが欲しいでしょ！　そっと、そっと取るのよ！（ふたりはあたりをうかがいながら、用心深く歩く）だめだめ、こっちよ。こっちなら茂みに隠れられるわ。こういうときは、走ってはだめよ。（息子は引っ張るが、シェン・テはそれを押しとどめる）頭を使わないと。（突然、押しとどめるのをやめる）わかったわ、どうしてもまっすぐ行きたいのね……。（シェン・テは息子を抱え上げて）サクランボに手がとどく？　口に入れちゃいなさい。そうすれば、返せとは言われないから。（シェン・テも、息子が口に入れてくれたひと粒を味わう）おいしい。あっ、どうしよう、おまわりさんよ。逃げなくちゃ。（ふたり、逃げる）通りに出た。目立たないように、静かにゆっくり歩きましょう。なに食わぬ顔で……。（シェン・テは息子と散歩しながら歌う）

わけもなく　ポトンと落ちたよ
スモモが　ホームレスの上に
ホームレスも慣れたもの
すばやくスモモをぱくついた

（水売りのワンはひとりの子どもの手を引いて登場。ワンは驚いてシェン・テを見つめる）

シェン・テ　（ワンの咳払いに反応して）あら、ワンさん！　こんにちは。

ワン　シェン・テ、うまくいってないそうだね。借金を返すために店を手放すんだって？　ところでこの子なんだが、宿無しなんだ。食肉工場をうろついてた。数週間前、仕事場をなくして、酒浸りになってる建具職人リン・トーの息子らしいんだ。子どもたちが腹をすかしてるのに。どうしたもんか。

シェン・テ　（ワンから子どもを取って）おいで、ぼうや！
（観客に向かって）
みなさん！　子どもがひとり　ねぐらを　求めています

未来ある子が今　救いを求めているんです！
この子の友だち　みなさんご存じの征服者が
口添えしてくれてます

（ワンに）シューさん・フーさんの長屋に住めると思うわ。わたしもたぶんそこに引っ越す。じつは、わたしに子どもができたようなの。でも、言いふらさないでね。ヤン・スンに知られたくないの。縁を切ったのだから。リン・トーさんを探して、ここへ来るように言って。
ワン　ありがとな、シェン・テ。あんたならなんとかしてくれると思ってたよ。（子どもに）ほらな。善人はやっぱり頼りになる。ちょっくらおまえのおやじさんを連れてきてやるぞ。（ワンは行こうとする）
シェン・テ　そういえば、ワンさん、手はどうなった？　証人になるつもりだったのに、従兄に……。
ワン　気にするなって。右手を使わなくてもなんとかなってる。ほとんど右手を使わなくても済んでるんだ。（ワンは右手がなくても商売道具が使えるところをシェン・テに見せる）ほら、このとおり。
シェン・テ　でも、手が動かなくなったら大変よ！　この荷車をあげるわ。全部売って、医療費の足しにして。お役に立てなくて、申し訳なかったわね。しかも理髪師から長屋を預かったりして、わたしはひどい人間ね！
ワン　そこにホームレスが住めるんだから、手の怪我なんて大したことじゃないさ。それじゃ、建具職人を連れてくる。（退場）
シェン・テ　（ワンに声をかける）わたしといっしょに医者に行くのよ。約束よ！
（シンが戻ってきて、シェン・テにしきりに合図する）

シェン・テ　どうしたの？
シン　気は確かかい？　荷車に積んだ全財産をやっちまうなんて。あいつの手がどうなろうと知ったこっちゃないだろう。理髪師に知れたら、長屋からも追いだされるよ。洗濯代をまだもらってないんだからね！
シェン・テ　どうしてそんなに怒るの？
隣人を踏みつけにするなんて
大変なだけ　額に青筋が立つだけよ
必死に欲張ったところで
軽やかに手を伸ばすのは　もちろん
与えるときも　もらうときも同じ
骨が折れるのは　自分ひとりでぶんどるときだけ
人になにかをあげるのは気持ちがいい！
親切にするのは　心地いい！
うれしいため息のごとく　やさしい言葉が口から漏れる
（シン、ぷんぷん怒りながら立ち去る）
シェン・テ　（子どもに）ここにすわって、お父さんが来るのを待つといいわ。
（子どもは地面にすわる）
（シェン・テが店開きをした日に訪ねてきた中年の夫婦が店の前にやってくる。夫婦は大きな袋を引き

ずっている）

**妻**　ひとりなの、シェン・テ？

（シェン・テがうなずくと、甥を呼ぶ。甥も袋を担いでいる）

**シェン・テ**　あんたの従兄はどこ？

**妻**　旅立ったわ。

**シェン・テ**　戻ってくるのかい？

**妻**　いいえ。わたしは店をたたんだし。

**シェン・テ**　聞いたよ。だから来たんだ。これはね、あたしたちに借金があった奴からぶんどったタバコの葉っぱなんだ。あんたの荷物といっしょに新しい住処に運んでおいてくれないかね。うちらには置場がないんだ。路上に置いとくのは、目立ちすぎるしね。あんたの店でひどい目に遭ったんだから、そのくらいしても罰は当たらないだろう。

**シェン・テ**　喜んで預かるわ。

**夫**　もしこれがだれのものか訊かれたら、自分のだって言っていいからね。

**シェン・テ**　だれに訊かれるというの？

**妻**　（きつい目つきでシェン・テを見ながら）たとえば警察さ。あいつら、うちらに目を付けて、追い詰めようとしてるんだ。だからこの袋を手元に置いておけないのさ。

**シェン・テ**　監獄に放り込まれるのは、ごめんなんだけど。

**妻**　これだからね。うちらがなけなしのこのタバコの袋をなくしたって構わないっていうのかい！

（シェン・テは黙って受け取らない）

夫　いいかね。これだけタバコがあれば、ちょっとした工場用地くらい手に入るはずだ。そうすれば、事業を起こせる。

シェン・テ　わかった。袋を預かるわ。ひとまず奥の部屋に入れておく。

（シェン・テは彼らと店に入る。子どもはシェン・テを見送り、おずおずとあたりを見まわしてから、ゴミコンテナーのところに行って中を漁る。シェン・テと三人、戻ってくる）

妻　あんたが頼りよ。

シェン・テ　ええ。（子どもに目を向け、じっと見つめる）

夫　あさって、シュー・フーの長屋を訪ねるから、よろしく。

シェン・テ　早く行って。気分が悪いの。

（シェン・テは三人を店から追いだす。三人、退場）

シェン・テ　あの子、お腹がすいてるのね。ゴミを漁るなんて。（シェン・テは哀れな子どもたちの運命に愕然として子どもを抱き上げ、子どもの汚れた口を観客に指差す。シェン・テは自分の子を絶対にそんな悲惨な目に遭わせないと心に誓う）

息子よ　飛行士よ！　こんな世に
生まれてくるなんて　あなたにも
ゴミを漁れというの？　ご覧なさい
あの汚れた口を！
（シェン・テ、子どもを指差す）

どうして
同じ人間を　こんな目に遭わせるの？
腹を痛めた子に　あわれみを
持たないの？　自分にも
同情しないとは　あきれた連中ね　それなら
せめて自分の子どもくらいは　守ってみせる
わたしは鬼になる
そう　これを見たら
すべてを　かなぐり捨てる
息子を救うまで　休むことはない！
場末という学校で　殴られ　欺《だま》されながら
学んだことがある　息子よ
今こそそれを　あなたのために生かそう
あなたのためには　なんでもしよう
必要とあらば
鬼になる
そうするしかない

（シェン・テ、退場しながら、従兄に変身する）

シェン・テ　（退場しつつ）もう一度、従兄になるのよ。これで最後だといいんだけど。

（シェン・テはシェイ・タのズボンを手に取る。戻ってきたシンがその様子を好奇心いっぱいに見る。弟の妻、登場、つづいて祖父、登場）

弟の妻　店が閉まってて、家財道具が外にある！　終わったね！

シン　軽はずみで、色恋沙汰を起こして、身勝手なことをした結果だよ！　どこまで落ちることやら！　シュー・フーの長屋に住むんだとさ。あんたらの仲間だ！

弟の妻　行ったら、驚くだろうね！　あそこは最低だよ！　理髪師の奴、在庫の石鹸にカビが生えて倉庫にならないから、貸したんだろうさ。「みなさんに住む場所を提供しよう。どうです？」聞いて呆れるね。

（失業者、登場）

失業者　シェン・テが引っ越すって本当かい？

弟の妻　そうよ。こっそり出ていくつもりさ。だれにも知られないように。

シン　文無しになったから、恥ずかしいのさ。

失業者　（興奮して）従兄を呼べばいいのに！　従兄を呼べと、みんなで勧めよう！　なんとかできるのは、あの人だけだ。

弟の妻　たしかに！　あいつはがめつい。でもあいつなら、シェン・テの店を救えるかもね。そうしたら、シェン・テはまたあたしたちを救える。

失業者　俺たちのことじゃない。シェン・テのためを思って言ってるんだ。だけど、従兄を呼べば、俺たちにも都合がいい。

（ワンが建具職人を連れて登場。建具職人はふたりの子どもの手を引いている）

**建具職人**　なんとお礼をいったらいいか。（他の人たちに）住まいがもらえるんだ。

**シン**　どこに？

**建具職人**　シュー・フーさんの長屋だよ！　うちのチビのフェンがうまくやってくれたんだ！　ああ、そこにいたか！「ねぐらを求めている者がいる」って、シェン・テさんが話して、すぐに住むところを工面してくれたそうじゃないか。ふたりとも、弟に礼を言うんだ！

（建具職人とふたりの子どもはうれしそうにフェンに会釈する）

**建具職人**　ありがとうよ！

（シュイ・タ、登場）

**シュイ・タ**　みなさんは、ここでなにをしているんです？

**失業者**　シュイ・タさん！

**ワン**　こんにちは、シュイ・タさん。戻ってくるとは思いませんでした。建具職人のリン・トーさんはご存じでしょう。シェン・テさんがシュー・フーさんの長屋に住まわせることにしたんですよ。

**シュイ・タ**　シュー・フーさんの長屋に空き家はありませんね。

**建具職人**　じゃあ、住めないってことか？

**シュイ・タ**　ええ。あそこは別の用途で使うことになっています。

**弟の妻**　あたしたちも追いだされるの？

**シュイ・タ**　そのようです。

**弟の妻**　だけど、どこに行けっていうの？

シュイ・タ　（肩をすくめながら）シェン・テは旅に出ました。みなさんから手を引くつもりはないと言っていますが、わたしとしては、これからはもっと理にかなうようにすべきだと考えています。ただ食いはもうおしまいにします。その代わり、働いて生計を立てる機会が得られるでしょう。シェン・テは、みなさんに働き口を作ることに決めました。これからシュー・フーさんの長屋へおいでください。無駄足にはならないでしょう。

弟の妻　てことは、シェン・テのために働けってこと？

シュイ・タ　ええ。タバコ作りをしてもらいます。奥の部屋にタバコの葉が三袋ありますね。持ってきてください！

弟の妻　忘れないでちょうだい。うちらだって前はタバコ店をやってたんだ。自分で働いたほうがましだね。タバコの葉だって持ってるんだから。

シュイ・タ　（失業者と建具職人に）あなた方はシェン・テのところで働いてくれますね。タバコの葉の持ち合わせはないようですから。

（建具職人と失業者はしぶしぶ奥の部屋に入る）

（大家が来る）

大家　シュイ・タさん、買いにきたわよ。ほら、三百元。

シュイ・タ　ミー・チュウさん、売るのはやめました。賃貸契約に署名します。

大家　なんだって？　飛行機乗りのためにお金が必要だったんじゃないのかい？

シュイ・タ　いらなくなりました。

大家　家賃を払えるのかい？

シュイ・タ　（家財道具を積んだ荷車から理髪師の小切手を取って金額を書き込む）一万元の小切手です。わたしの従妹に関心のあるシュー・フーさんが振りだしたものです。確かめてください、ミー・チュウさん！　半年分の家賃二百元は六時までに手にできるでしょう。では、ミー・チュウさん、仕事をつづけさせていただきます。今日はまだ忙しいので、失礼します。

大家　あら、シュー・フーさんが飛行機乗りの後釜ってわけ！　一万元とは！　今どきの娘は移り気で軽薄。呆れたわ。（退場）

（建具職人と失業者、袋を持ってくる）

建具職人　なんで俺があんたの袋を運ばなきゃならないんだ？　わけわかんないぞ。

シュイ・タ　わたしがわかっていればいいんだ。あんたの息子は食欲旺盛だね。物欲しそうにしてるぞ、リン・トーさん。

弟の妻　（袋を見て）あたしの連れ合いが来たの？

シン　ええ。

弟の妻　やっぱり。袋でわかった。それはうちのタバコだよ！

シュイ・タ　大きな声で言わないほうが身のためですよ。これはわたしのタバコです。うちの奥の部屋にあったのですから、当然です。嘘だというなら、警察で白黒つけましょう。それでどうですか？

弟の妻　（怒って）ごめんだね。

シュイ・タ　どうやらタバコはあなたのものではないようですね。ということは、シェン・テが差し伸べた救いの手をつかまないと。シュー・フーさんの長屋に案内していただけますか？

（建具職人の末っ子の手をつかんで、シュイ・タ、退場。建具職人とふたりの子ども、弟の妻、祖父、

（失業者がつづく。弟の妻、建具職人、失業者は袋を引きずる）

**ワン**　あいつは性根が曲がってる。シェン・テはいい人なのに。

**シン**　どうだか。洗濯紐からズボンがなくなって、シェン・テの従兄がはいてる。どうも引っかかるね。わけが知りたいよ。

（老夫婦、登場）

**絨毯商の妻**　シェン・テさんはいませんか？

**シン**　（すげなく）旅に出たわよ。

**絨毯商の妻**　変ねえ。渡すものがあると言ってたのに。

**ワン**　（自分の手を痛々しく見つめながら）こちとらのことも助けてくれると言ってたのにな。手が動かない。きっとすぐに戻るさ。従兄はいつも長くはいない。

**シン**　そうそう、そうなんだよね。

## 幕間

### ワンのねぐら

音楽。夢のなかで、水売りは心配していることを神々に伝える。神々は相変わらず長い徒歩旅行をつづけている。疲れているように見える。しばらく足を止めると、首をまわして、水売りを見る。

ワン　神さま、あなた方があらわれて目を覚ます前、シェン・テが川べりの葦の茂みでひどく思いつめた様子で立っているのを見かけました。あそこはよく身投げをする人が出る場所でして。シェン・テは妙によろよろしながら、うつむいてましてね。なにか柔らかいけど、重いものを引きずっていて、泥に足を取られていたんです。あっしが声をかけるとこっちを向いて、掟の束を向こう岸に運ばなきゃならないけど、濡らすと文字が消えてしまうって言ったんです。ところがですね、肩にはなにも担いでなかったんです。で、神さま方があの子のところに泊まったときに、その礼だといってお話になった善人のことを思いだして、あっしはびっくりしたんですよ。これはまずいぞってね！　あの子が気がかりなんです。おわかりいただけると思いますが。

三の神　どうしろというのだ？

ワン　掟の縛りを少しだけゆるくしてやっちゃくれませんか、神さま。ひどい時代だってことを考慮して、少しだけ掟の束を軽くしてくれるといいなと思いまして。

三の神　どうしろというんだ、ワン？

ワン　たとえばですね、隣人愛の代わりに、ただ好意を示すだけでいいとか……。

三の神　だが、それではもっとむずかしくなるではないか、しょうがない奴だな！

ワン　じゃあ、正義をおこなう代わりに、なにごとも公平にするとか。

三の神　そっちのほうが仕事が増えるぞ！

ワン　じゃあ、名誉を求める代わりに器用に振る舞うとか！

三の神　そっちのほうが大変だぞ。わかっていないな！

（神々は疲れた様子で立ち去る）

8

## シュイ・タのタバコ工場

シュイ・タはシューー・フーの長屋で小さなタバコ工場をはじめる。金網の向こうにはすし詰めにされたいくつかの家族がしゃがんでいる。もっぱら女と子ども。弟の妻、祖父、建具職人とその子どもたちの姿もある。息子のスンを連れて、ヤン夫人が登場する。

**ヤン夫人**　（観客に向かって）みなさんにご報告します。みなさんが尊敬するシュイ・タさんのご鞭撻で、落ちぶれていたうちの息子は役に立つ人間に変身しました。シュイ・タさんは食肉工場のそばに小さなタバコ工場を開いて、あれよあれよという間に成功しました。三ヶ月前、息子を連れて訪ねましてね。少し待たされましたが、シュイ・タさんは会ってくれました。

（シュイ・タ、工場からヤン夫人のほうへやってくる）

**シュイ・タ**　ご用件はなんでしょうか、ヤン夫人？

**ヤン夫人**　シュイ・タさん、息子のことでひと言申しあげたいんです。今朝、警察が来て、あなたがシェン・テさんの名で結婚詐欺と二百元搾取の廉《かど》で訴えたと言われたんです。

シュイ・タ　そのとおりです、ヤン夫人。

ヤン夫人　シュイ・タさん、お願いです。今一度、お慈悲を賜れませんか？　お金はもうないんです。飛行士になる話がだめになって、二日であのお金は消えてしまいました。息子が甲斐性無しなのはわかっていますわたしの家具まで売り払って、この年老いた母親まで捨てて北京に行く気だったんです。（泣く）シェン・テさんは、一度はこの子を気に入ってくださったのでしょう。

シュイ・タ　あなたの言い分も聞きましょう、ヤン・スンさん。

スン　（顔を曇らせて）もう金はない。

シュイ・タ　ヤン夫人、どういうわけか、わたしの従妹はあなたのろくでなしの息子に肩入れしていました。従妹に免じて、もう一度だけ機会を与えましょう。従妹は、真面目に働けば心を入れ替えるはずだと言っていました。うちの工場で働いてもらいましょう。二百元は給料から天引きして、少しずつ返してもらいます。

スン　監獄か工場の二者択一か？

シュイ・タ　選ぶんですね。

スン　シェン・テとは話せないのか？

シュイ・タ　ええ。

スン　職場はどこだ？

ヤン夫人　感謝します、シュイ・タさん！　なんてお心が広いのでしょう。神さまのお恵みがありますように。（スンに）おまえは道にはずれたことをしたんだ。真面目に働いて、おまえの母親に顔向けができるようになるんだよ。

（スンはシュイ・タについて工場に入る。ヤン夫人は舞台正面に戻る）

ヤン夫人　スンにとって、最初の二週間は辛かったようです。仕事が息子に合わなくて、いいところが見せられなかったのです。でも三週目にある出来事があって、息子は救われました。元建具職人のリン・トーさんとタバコの袋を引きずっていたときのことです。

（スンと元建具職人リン・トーがそれぞれタバコの葉の袋をふたつ引きずってくる）

元建具職人　（あえぎながら足を止め、袋にしゃがみ込む）もう無理だ。こういう仕事をするには歳を取りすぎた。

スン　（同じく腰かける）それなら袋を放りだしちまえばいいじゃないか。どうしてそうしないんだ？

元建具職人　他に食い扶持を稼ぐ方法があるか？　食うためと言ったって、子どもたちまで働かせるわけにはいかない。ああ、こんなところをシェン・テさんに見られたら！　あの人はいい人だったなあ。

スン　あいつは悪くなかった。あんな惨めな状況でなかったら、俺たちもうまくいったはずだ。それにしても、どこにいるのかな。さあ、仕事に戻ったほうがいい。あいつが見まわる時間だ。

（ふたりは立ち上がる）

スン　（シュイ・タが来るのを見て）袋をひとつよこしな、老いぼれ！　（スンはリン・トーの袋をひとつ持ってやる）

元建具職人　ありがとよ！　あんたが老いぼれに手を貸してるところをシェン・テさんが見たら、見直すだろうな！　絶対、見直す。

（シュイ・タ、登場）

ヤン夫人　もちろんシュイ・タさんは、率先して働くいい労働者がどういうものかひと目で見て取りました。そして声をかけたのです。

シュイ・タ　ちょっと待った！　どういうことだ？　おまえはなんで袋をひとつしか運んでいないんだ？

元建具職人　これは、シュイ・タさん、今日は少しばかり疲れていまして、ヤン・スンさんが気を利かして……。

シュイ・タ　戻って、一度に三袋運べ。ヤン・スンにできるのなら、おまえにもできるはずだ。ヤン・スンにはやる気があって、おまえにはないだけだ。

ヤン夫人　（元建具職人が袋をふたつ取りにいっているあいだに）スンにはなにも言いませんでしたが、シュイ・タさんは事情がわかっていました。次の土曜日、給料を支払うときに……。

（机が置かれ、シュイ・タがお金の袋を持ってくる。元失業者の現場監督の横に立って、シュイ・タは給料を支払う。スンが机の前に進みでる）

監督　ヤン・スン、六元。

スン　すみません、五元のはずですが。五元だけのはずです。（スンは現場監督が持っていた帳簿を取る）ここを見てください。間違って六日働いたことになってます。裁判所に呼ばれて、一日休んでいるんです。（恰好をつけて）働いた分しかもらうつもりはありません。どんな安賃金でもね！

監督　では五元！　（シュイ・タに）うっかりしていました、シュイ・タさん！

シュイ・タ　五日しか来ないのに、どうして六日と記されているんだ？

監督　わたしが間違えたようです、シュイ・タさん。（スンに冷たく）二度とこんなことはしない。

シュイ・タ　（スンを脇に手招きする）このあいだ見ていたが、きみは力がある。しかもその力を会社に役立てている。そして今日は、正直だということもわかった。現場監督はさっきのようなことをよくやるのか？

スン　工員に知り合いがいるから、自分も仲間だと思ってるんでしょう。

シュイ・タ　なるほど。いいことを教えてくれた。礼金をだそうか？

スン　いりません。俺は知恵がまわるとだけ言っておきます。それなりに教育を受けていますし。現場監督は工員によかれと思ってやってるのでしょうが、学がないから、会社に必要なものがなにかわかっていません。一週間だけ試験期間をください、シュイ・タさん。体力よりも頭脳で会社に貢献できるって証明して見せます。

ヤン夫人　大胆なことを言ったものです。その晩、わたしはスンに言いました。「おまえは飛行機乗りだ。どこでも高く飛べることを見せておやり！　飛ぶのよ、わたしのタカ！」実際、大きいことをするには教養と知性が大事ですね！　そういうものがなければ、出世なんておぼつきません。息子はシュイ・タさんの工場ですごいことをやってのけたんです！

（スン、工員の背後に仁王立ちする。工員たちはタバコの葉が入った籠をリレーする）

スン　それじゃだめだ。もっとしっかりリレーするんだ！（ひとりの子どもに）おまえは地面にすわってろ。邪魔だ！　おまえは圧縮作業にまわったほうがいい。そう、おまえだ！　この怠け者ども、そんなんで給料をもらうつもりか？　もっとしっかりリレーしろ！　こんちくしょう！　そこの爺さんはどいて、子どもたちとタバコをほぐす作業をしろ！　おい、そこ、たるんでるぞ！　全体で調子を合わせるんだ！（スン、両手で拍子をとる。籠のリレーが速くなる）

ヤン夫人　学のない連中からは憎まれ、文句を言われましたが、そんなの世の常。息子は動じず、自分の職務を全うしました。

（工員のひとりが「八頭目の象の歌」を歌い、他の工員たちがリフレインを合唱する）

八頭目の象の歌

1

ジンさんが飼ってた　七頭の象
そこに加わる　八頭目
七頭　がさつで　八頭目はおとなしい
だから監視役になったよ　八頭目
　進めや　進め！
ここはジンさんの森
日暮れまでに開墾するぞ
夜はもうすぐそこだ！

2

七頭の象　森を切りひらく
ジンさん　またがるは　八頭目
日もすがら　のんべんだらりん　見張るよ
七頭の仕事ぶり

進めや　進め！
ここはジンさんの森
日暮れまでに開墾するぞ
夜はもうすぐそこだ！

3

七頭の象は　もううんざり
森の伐採に　あきあき
ジンさん　いらいら　腹を立て
餌を与えたのは　八頭目だけ
　どういうことだ！
ここはジンさんの森
日暮れまでに開墾するぞ
夜はもうすぐそこだ！

4

七頭の象　牙抜かれ
牙があるのは　八頭目のみ
七頭をぶちのめす　八頭目

ジンさん　それ見て　大笑い
進めや　進め！
ここはジンさんの森
日暮れまでに開墾するぞ
夜はもうすぐそこだ！

（シュイ・タは葉巻をくゆらし、ぶらつきながら前に出てくる。ヤン・スンは三節目のリフレインを笑いながらいっしょに歌い、最終節で手拍子を取って歌のテンポを速める）

**ヤン夫人**　シュイ・タさんには感謝しきれません。自分ではほとんど手をださず、賢く厳しくふるまって、スンのいい面をすっかり引きだしてくれました！　もちろん評判のいいシェン・テさんのように夢を抱かせはしませんが、息子が真面目に働くようにしてくださったのです。今のスンは三ヶ月前とは別人です。みなさんも、そう思うでしょう？
「君子は鐘のごとし、打てば響き、打たざれば響かず(9)」昔の賢者がそう申しています。

# 9
## シェン・テのタバコ店

店は商館に変貌している。安楽椅子があり、美しい絨毯が敷かれている。外は雨。腹の出たシュイ・タが絨毯商の老夫婦と別れの挨拶をしている。シンは愉快そうに見ている。彼女は新品の服を着て、目立っている。

**シュイ・タ**　従妹がいつ戻るか申しあげられず、どうかお許しを。

**老女**　今日、手紙と二百元を受け取りました。差出人の名がありませんでしたが、シェン・テさんに決まっていますよね。お返事したいのですが、住所はご存じですか？

**シュイ・タ**　いえ、それも知らないのです。

**老人**　行こう。

**老女**　いつか戻りますよね。

（シュイ・タ、お辞儀をする。老夫婦は落ち着かない様子で退場）

**シン**　お金を返すのが遅すぎたね。税金が払えず、あの人たちの店はつぶれた。

**シュイ・タ**　ここへ来たのはなぜでしょうね？

**シン**　あんたのところに喜んで来る者なんていないさ。はじめはシェン・テが戻ってくるのを待っていたんじゃないかね。証文がなかったから。税金の支払期日が近づくと、旦那が熱をだし、奥さんがずっと看病していた。

**シュイ・タ**　（気分が悪くなってすわり込む）またくらくらしてきた！

**シン**　（シュイ・タの世話をする）七ヶ月だもの！　興奮するのはよくないよ。あたしがいて、よかった

ね。助けがなくちゃ、だれもやっていけないさ。どんなときでもついていていてあげるよ。（笑う）

シュイ・タ　（弱々しく）当てにしてるわね、シンさん。

シン　任せておきなって！　もちろんお金は少しかかるけどね。襟元を開けたらどうだい？　楽になれるよ。

シュイ・タ　（辛そうに）すべては子どものためよ、シンさん。

シン　すべては子どものため。

シュイ・タ　だいぶお腹が出てきたわ。目立ちそうね。

シン　暮らしがよくなったからだって思われるさ。

シュイ・タ　子どもはどうなるかしら？

シン　日に三度はそのことを質問するけど、人に預けることにしたでしょう。お金で預かってくれるとってもいい家を見つけたじゃない。

シュイ・タ　そうだったわね。（不安そうに）子どもにはシュイ・タを見せられないわね。

シン　そりゃだめよ。会うのはいつもシェン・テだけ。

シュイ・タ　でも、この界隈で噂にならないかしら！　水売りはおしゃべりだし！　みんな、この店を覗く！

シン　理髪師に気づかれないうちは大丈夫よ。水をひと口お飲みなさい。

（スン、登場。しゃれたスーツを着て、ビジネスマン風のカバンを持っている。シンに抱きかかえられたシュイ・タを見て、びっくりする）

スン　お邪魔でしたか？

シュイ・タ　（やっとの思いで立ち上がると、ふらふら戸口へ行く）じゃあ、また明日、シンさん！

スン　手袋！　（シンは手袋をはめ、笑いながら退場）どこで、なんで、なんのために？　あなたにせびったんですか？　（シュイ・タが返事をしないので）あなたにもやさしいところがあるんですね。傑作だ。（スンはカバンから書類を一枚だす）それはともかく、最近はあまり調子がよくないようですね。以前ほどテンションが高くないです。よく気が変わるし、判断に迷いがあります。病気ですか？　仕事にも支障が出ています。これが警察からとどきました。工場を閉鎖すると書かれています。法律で決まった定員の二倍の人間を雇うのは認められないそうです。シュイ・タさん、なにか手を打たないと！

（シュイ・タは放心して、一瞬スンを見つめ、それから奥の部屋に入って、包みを持って戻ってくる。包みから新しい山高帽をだすと、書き物机に投げる）

シュイ・タ　会社としては、支配人にはちゃんとした身なりをしてもらわないとな。

スン　俺のために買ってくれたんですか？

シュイ・タ　（どうでもいいように）サイズが合うかどうか、かぶってみたまえ。

（スンはびっくりしてシュイ・タを見ながら、帽子をかぶる。シュイ・タは山高帽のかぶり方を直す）

スン　これはどうも。でも、はぐらかさないで欲しいですね。今日は理髪師と新しい計画について話し合うことになってるんですから。

シュイ・タ　理髪師がとんでもない条件をだしている。

スン　どんな条件なんですか？　いいかげんに教えてくださいよ。

シュイ・タ　（はぐらかす）長屋は工場にちょうどいい。

スン　ええ、工員にはいいでしょう。でもタバコにはよくないです。じめじめしてますから。話し合いの前に、ミー・チュウと借家のことで話をしておきたいですね。あそこの借家が使えれば、うちの口うるさい連中も、役立たずどももお払い箱にできます。あいつらは使い物になりません。俺が茶をだして、ミー・チュウの太股をちょいと撫でれば、借家の家賃なんて半額に値切れるでしょう。
シュイ・タ　(きつく)それはだめだ。会社の評判に傷がつく。ビジネスなのだから控え目にドライに振る舞ってくれ。
スン　なんでそんなにいらついているんです?　このあたりで流れている噂のせいですか?
シュイ・タ　噂など屁でもない。
スン　じゃあ、雨のせいですかね。雨になると、いつもいらいらして、鬱になる。どうしてなんですか。
ワンの声　(外から)

水を売ろうにも
この雨じゃ　どうにもならねえ
水を売るため
こんな遠くまでやってきた
水はいらんかね!　と叫んでみても
先を争い買う奴いない
金を払って飲む奴いない

スン　あの忌々しい水売りめ、どうせすぐにまた言いたい放題ほざくに決まってます。

ワンの声　（外から）この町にはもう善人はいないのかい？　善人のシェン・テが暮らしていたこの広場にも。数ヶ月前、心をはずませて、雨のなかでも水を買ってくれたあの子はどこ行った？　あの子はどこだ？　見た奴はいないのか？　だれもあの子の消息を知らないのか？　ある晩この家に入っていったきり、あの子は出てこない！

スン　あいつの口をふさいできましょうか？　シェン・テがどこにいようが、あいつには関係のないことです！　ところで、俺に居場所を知られたくないから言わないんでしょう。

ワン　（登場）シュイ・タさん、またうかがいますが、シェン・テはいつ帰ってくるんでしょうか？あの子が旅に出て、かれこれ半年になります。（シュイ・タは黙っている）あの子がいないあいだに、ここではいろんなことがありました。（シュイ・タは相変わらず黙っている）シュイ・タさん、この界隈では、シェン・テになにかあったんじゃないかって噂が流れています。あっしら友だちは、心配してるんです。よかったら、住んでいるところくらい教えてくれませんかね？

シュイ・タ　悪いが、今は忙しいんですよ、ワンさん。来週また来てください。

ワン　（興奮して）おかしなことに、しばらく前から毎朝、戸口に困った人に恵む米が置いてあるんですよね。

シュイ・タ　だからなんです？

ワン　シェン・テは旅に出ていないんじゃないかと。

シュイ・タ　それで？　（ワン、黙る）それでは、答えましょう。これで最後です。あなたがシェン・テの友人なら、従妹の居場所を探らないことです。忠告します。

ワン　たいした忠告ですね！　シュイ・タさん、シェン・テは行方がわからなくなる前に、子どもができたってあっしに打ち明けているんですよ！

スン　なんだって？

シュイ・タ　（すかさず）嘘つけ！

ワン　（大真面目でシュイ・タに）シュイ・タさん、シェン・テの友人たちは、あの子の消息をたずねつづけるでしょう。善人をそう簡単に忘れてなるものですか。そんなに多くないんですから。（退場）

（シュイ・タはじっとワンを見送り、それから急いで奥の部屋に入る）

スン　（観客に向かって）シェン・テが妊娠していたとは！　なんてことだ！　騙されていたのか！　従兄にすぐ打ち明けたはずだ。そして「父親に知られる前に、荷物をまとめて、姿を消すんだ！」とでも言って、あの野郎がシェン・テをどこかに追い払ったんだ。むちゃくちゃだ。むごい話じゃないか。俺には息子がいる。ヤン家の跡継ぎができたんだ！　それなのにどうだ？　あいつは消え、俺はこき使われている！　（スン、激怒する）こんな帽子でごまかされてなるものか！　（スンは帽子を足で踏みにじる）犯罪者め！　泥棒め！　子どもを盗みやがった！　そしてあいつには、守ってくれる人がいない！　（奥の部屋からすすり泣く声が聞こえ、スンは動きを止める）泣き声じゃないか？　だれだろう？　泣き止んだぞ。奥の部屋からすすり泣く声がするなんて、どういうことだ？　あの情け容赦ないシュイ・タが泣くわけない。じゃあ、だれだ？　米が今でも毎朝、戸口に置いてあるって話だったが、どういうことだ？　あいつがまだここにいるのか？　シュイ・タが監禁しているのだろうか？　さもなければ、すすり泣くはずがない。これは願ったりかなったりだ！　シェン・テが本当に妊娠したのか、なんとしても突き止めないと！

（シュイ・タ、奥の部屋から出てくる。戸口に立って、外の雨を眺める）

スン　あいつはどこだ？
シュイ・タ　（手を挙げて、耳をすます）ちょっと待った！　九時だ。それなのに、今日は聞こえない。雨音が大きいせいだ。
スン　（皮肉っぽく）なにが聞こえないって言うんだ？
シュイ・タ　郵便飛行機だよ。
スン　冗談はよせ。
シュイ・タ　きみは空を飛びたがっていたね。もう興味を失ったのか？
スン　今の仕事に文句はない。夜勤が好きじゃないのは知っているだろう。郵便飛行は夜間におこなわれる。なんだかんだ言って、今の会社が気に入っている。旅行中とはいえ俺の妻になる娘の会社だしな。本当に旅行中なんだよな？
シュイ・タ　どうしてそんなことを訊くんだ？
スン　彼女がどうなっているのか放っておけないからね。
シュイ・タ　それを聞いたら、従妹も喜ぶだろう。
スン　もしあいつが自由を奪われていたりしたら、俺は黙っていないぞ。
シュイ・タ　だれに自由を奪われていると言うんだ？
スン　あんたにだよ！
（間）
シュイ・タ　だったら、どうする？
スン　会社でどういうポストにつけるか、それ次第だな。

シュイ・タ　なるほど。つまりきみにもっといいポストを用意すれば、かつての許嫁の居場所について詮索しないということかな？
スン　まあな。
シュイ・タ　どういうポストを考えているのかな？
スン　会社を牛耳る。たとえばあんたを追いだして。
シュイ・タ　では、会社がきみを追いだしたらどうする？
スン　戻ってくるさ。だけど、そのときはひとりじゃない。
シュイ・タ　というと？
スン　警察を連れてくる。
シュイ・タ　警察ねえ。でも警察が捜索しても、だれも見つからなかったら？
スン　警察は奥の部屋を探すだろう！　シュイ・タさん、あの人を恋い焦がれる俺の気持ちを鎮めることはできないぞ。どんなことをしてでも、彼女をもう一度抱きしめてみせる。（静かに）彼女は妊娠していて、助けが必要だ。水売りと相談しなくては。（スン、出ていく。シュイ・タはじっとしたまま彼を見送り、それから、急いで奥の部屋に戻る。肌着、衣服、化粧道具などシェン・テの持ちものを持ちだす。絨毯商の夫婦から買ったショールをしばらく見つめ、それからすべてを包む。そのとき、物音がして、シュイ・タは包みを机の下に隠す。大家とシュー・フー、登場。ふたりはシュイ・タに挨拶し、傘を立て、ゴム靴を脱ぐ）
**大家**　秋になりましたね、シュイ・タさん。
シュー・フー　ゆううつな季節だ！

大家　おたくのハンサムな支配人はどちらかしら？　あのろくでもない女たらし！　でも、あなたは殿方だから、あいつのそういう面はご存じないでしょうね。まあ、とにかく、その手練手管を仕事でも活用しているわけで、あなたとしては言うことありませんね。

シュイ・タ　（お辞儀をする）どうぞおすわりください！

（みんな、すわってタバコを吸いはじめる）

シュイ・タ　じつは予測不能の事態が生じまして、今後どうなるかわからないので、わが社の未来にかかわる取り決めを急がざるをえなくなりました。シューイ・フーさん、わたしの工場に問題が生じました。

シュー・フー　そんなの、今さらでは？

シュイ・タ　今回、新しい事業計画についての取り決めを提出しないと工場を閉鎖する、と警察が言ってきているんです。シュー・フーさん、工場はわたしの従妹の唯一の財産です。あなたも無関心ではいられないでしょう。

シュー・フー　シュイ・タさん、あなたは年がら年中、工場の拡大計画を立てている。あまり面白くないんだが。あなたの従妹とちょっと夕食でもと声をかければ、あなたは資金繰りの話をしだす。わたしはホームレスのためにと言って、長屋をあなたの従妹に任せたのに、あなたは工場にしてしまった。あの人に渡した小切手も、あなたが勝手に使った。あなたの従妹は姿を消し、あなたは長屋は手狭だと言って、十万元を追加融資してくれと言う。あなたの従妹はどこにいるんだね？

シュイ・タ　シュー・フーさん、落ち着いてください。今日こそ、従妹がもうすぐ戻るとお伝えできます。

シュー・フー　もうすぐ？　いつなのだ？　この数週間、何度聞かされたかしれない。

シュイ・タ　新しい契約に署名をお願いしているわけではありません。従妹が戻ってきたら、わたしの計画にもっと関心を持ってくれるかおたずねしているだけです。

シュー・フー　何度も言っているように、あなたと話し合うつもりはない。あなたの従妹なら別だが。しかしあなたは、従妹と話し合うのを邪魔しているとしか思えないのだが。

シュイ・タ　二度とそんなことはいたしません。

シュー・フー　ではいつ話し合えるかな？

シュイ・タ　（おずおずと）三ヶ月したら。

シュー・フー　（腹立たしげに）では三ヶ月後に署名しよう。

シュイ・タ　しかし、その前に準備が必要です。

シュー・フー　では、準備したまえ、シュイ・タさん。今度こそ、あなたの従妹が来ると確信しているのなら。

シュイ・タ　ミー・チュウさん、あなたの借家を工場として使っていいと警察に証明していただけませんか？

大家　あの支配人をうちに譲ってくれるなら、いいわよ。それが条件だと、数週間前から言ってあるでしょう。（シュー・フーに）あの若者は如才なくて、うちの監督人としてぜひ使いたいんです。

シュイ・タ　ヤン・スンは手放せません。そこのところはご理解ください。うちは問題が山積みで、最近、わたしの体調も思わしくないのです！　当初は彼をあなたに譲る腹づもりでした。しかし……。

大家　しかし、なんなの？

（間）

**シュイ・タ**　いいでしょう。明日、あなたのオフィスに行かせます。

**シュー・フー**　そうこなくちゃ、シュイ・タさん。シェン・テさんが本当に帰ってくるなら、あの若者がここにいるのはまずいでしょう。なにせシェン・テさんをひどい目に遭わせた張本人ですからね。

**シュイ・タ**　（お辞儀しながら）たしかに。従妹のシェン・テとヤン・スンの件があったので、ずいぶん迷っていました。あのふたりはかつて、深い仲でしたので。しかしこれは実業家にあるまじきことでした。お許しください。

**大家**　気にしないわ。

**シュイ・タ**　（戸口のほうを見ながら）ではみなさん、これで手を打ちましょう。善人シェン・テが貧乏人相手にタバコを売っていたこの小汚い店で、将来上質のタバコを売る十二店からなる美しいタバコ店チェーンが設立されます。わたしは最近、セツアンのタバコ王と呼ばれているそうですね。しかし、この事業はひとえに従妹のためにやってきたことです。彼女から、子へ、孫へと受け継がれることでしょう。

（外から群衆が騒ぐ声が聞こえてくる。スン、ワン、警官、登場）

**警官**　シュイ・タさん、あなたの会社からだされた告発を調べろ、とこの界隈の者たちが騒ぎたてているもので。あなたがシェン・テさんを監禁しているというのだが。

**シュイ・タ**　そんな馬鹿な話があるものですか。

**警官**　ここにおいでのヤン・スンさんが、この商館の奥の部屋からすすり泣く声がしたと証言しているんだ。しかもそれは女の声だった、と。

**大家**　なに、それ。この町で一目置かれるわたしとシュー・フーさんが証人になります。わたしたちの証言なら、警察も疑わないでしょう。すすり泣く声なんて聞こえませんでした。わたしたちはゆっくり葉巻を吸っているところです。

**警官**　あいにく問題の奥の部屋を調べる命令を受けているんだ。

（シュイ・タは奥の部屋の戸を開ける。警官は戸口に立って、前かがみになる。部屋の中を覗いてから振りかえって、笑みを浮かべる）

**警官**　たしかにだれもいない。

**スン**　（警官の横に立って）だけど、すすり泣く声がしたんだ！（机の下に押し込まれた包みに目をとめる）さっきはこんなものなかったぞ！（包みを開けて、シェン・テの衣服などを見せる）

**ワン**　シェン・テのものだ！（ワンは戸口に走っていって叫ぶ）シェン・テの服が見つかった。

**警官**　（包みを手に取って）従妹は旅行中だと言っていたな。ところがシェン・テさんの持ちものを入れた包みが机の下から見つかった。シェン・テさんはどこにいるんだ、シュイ・タさん？

**シュイ・タ**　知りません。

**警官**　困りましたな。

**群衆の声**　シェン・テの持ちものが見つかったってよ！　タバコ王があの娘を殺して、どこかに隠したんだ！

**警官**　シュイ・タさん、派出所までご同行願う。

**シュイ・タ**　（大家とシュー・フーの前でお辞儀をする）お騒がせして申し訳ありません。しかしセツアンには裁判官がいます。すぐに解決するでしょう。（シュイ・タは警官より先に店を出る）

**ワン**　恐ろしい事件が起こったもんだ！

スン　（戸惑いながら）すすり泣く声がしたんだがな！

## 幕間

### ワンのねぐら

音楽。水売りの夢枕に神々、最後の登場。神々の姿はひどく変わっている。長いさすらいの末に疲労困憊し、数々のいやな体験をしてきたことがわかる。ひとりは帽子をはたき落とされ、もうひとりは狐の罠にかかって、片足を失っている。三柱とも、裸足で歩いている。

ワン　ようやくおいでくださいましたか！　シェン・テのタバコ店で大変なことが起きたのです、神さま！　シェン・テが旅に出て、何ヶ月も帰ってきませんでした！　そのあいだに、従兄がすべてを自分のものにしてしまったんです！　従兄は今日、逮捕されました。罪状は店を自分のものにするため、シェン・テを殺したというものです。だけど、あっしには信じられません。シェン・テが夢に出て、従兄に監禁されているって言ったんです。神さま、すぐに戻ってきて、あの娘を見つけてくださいまし。

一の神　なんということだ。善人探しは失敗だ。善人はわずかしか見つからず、そのわずかな善人は人間らしい暮らしをしていない。あとはシェン・テにすがるしかないと思っていたのに。

二の神　今でも善人でいればの話だがな！

ワン　善人なのは間違いないです。でも、どこにいるのかわからないんです！
一の神　万事休すだ。
二の神　しっかりしたまえ。
一の神　なんのために？　善人が見つからなければ、われわれは引退するほかないんだぞ！　まったくなんという世界だ。貧困と俗悪と堕落が蔓延している！　自然までがわれわれに背を向けている。美しい樹木が伐採され、山の彼方では黒煙が立ち上り、砲声が轟く。この世を生き抜くことができる善人などひとりもいはしない！
三の神　水売りよ、われわれが作った掟は息の根を止められたようだ！　道徳律として掲げたことはすべて削除するほかあるまい。人々は生きていくだけでやっと。よいことをしようと思うだけで崖っぷちに追い詰められ、善行をして突き落とされる。（他の二柱の神々に）この世は人の住むところではない。もう認めたまえ！
一の神　（激しく）それはちがう。人間に価値がないのだ！
三の神　この世が冷たすぎるのが悪い！
二の神　人間が弱すぎるからだめなのだ！
一の神　顔を上げるのだ、諸君、顔を上げるのだ！　挫けてはいけない。善良で、悪に染まらない者をひとり見つけたではないか。行方不明なだけだ。急いであの娘を探そう。ひとりでいいのだ。この世に耐えられる者がひとりでも見つかれば、すべてがいいほうに動くと言ったではないか。ひとりでいいのだ！
（神々はすっと消える）

# 10

## 法廷

（いくつかのグループになって）シュー・フーと大家。スンとその母親。ワン、建具職人、祖父、若い娼婦、老夫婦。シン。警官。弟の妻。

**老人**　大物になりすぎましたな。

**ワン**　十二店も新規開店しようというんだから。

**建具職人**　裁判官がまともな判決を下すわけがないさ。被告人のお友だち、理髪師のシュー・フーと大家のミー・チュウと仲良しなんだから。

**弟の妻**　昨晩、シンの奴がシュイ・タに言われて、太ったガチョウを裁判官のうちにとどけるのを見た。脂が籠からポタポタ滴っていたっけ。

**老女**　（ワンに）かわいそうに、シェン・テはもう見つからないだろうね。

**ワン**　ああ、神でもなければ、真実を暴けないだろう。

**警官**　静粛に！　裁判官の入室だ。

（法服を着た三柱の神々、登場。通路を通って裁判官席へ向かう。神々がひそひそ話しているのが聞こえる）

三の神　ばれそうだな。偽造任命書はひどい出来だ。

二の神　それに、裁判官が急に腹をこわすなんて、おかしいと思われるだろう。

一の神　大丈夫だ。ガチョウを半分平らげたんだ。腹をこわすに決まってる。

シン　あら、新顔だね！

ワン　でも、立派な方々だ！

（一番後ろを歩いている三の神、ワンの声に気づいて、そっちを向き、微笑みかける。神々は着席する。一の神、ハンマーで机を叩く。警官、シュイ・タを連行してくる。シュイ・タは、口笛を浴びせられるが、堂々と入場）

警官　驚かないでくれ。裁判官はフー・イー・チェンではないが、新しい裁判官もやさしい人たちだ。

（シュイ・タは神々を見て、気を失う）

若い娼婦　どうしたのかしら？　タバコ王が気絶したよ。

弟の妻　新しい裁判官を見るなり、失心するなんて！

ワン　シュイ・タの顔見知りのようだ！　どういうことだ？

一の神　タバコ問屋のシュイ・タかね？

シュイ・タ　（ひどく弱々しく）はい。

一の神　あなたに対して訴えがだされている。あなたは肉親である従妹のシェン・テを亡き者にして、店を乗っ取ったというが、罪を認めるかね？

シュイ・タ　いいえ。
一の神　（調書をめくりながら）まずはその地区担当の警官から被告人と従妹の評判を聞こう。
警官　（進みでる）シェン・テはすべての人を気にかけ、共に生きようとした娘であります。一方、シュイ・タは原則を重んじる人物です。シェン・テが慈悲の心を示す一方で、シュイ・タは厳格に対処しました。ただしシェン・テとはちがって、シュイ・タは違法なことはしていません。従妹が信頼して泊めた者たちがじつは盗賊団であることを暴いたのもシュイ・タです。それからシェン・テが偽証しようとしたのをすんでのところで止めました。シュイ・タは法を尊重する立派な市民だと言えます。
一の神　被告人が訴えられているような悪事をするわけがないと証言する者は他にもいるかな？
（シュー・フーと大家が進みでる）
警官　（神々にささやく）シュー・フーさん、とても影響力のある方です！
シュー・フー　シュイ・タさんはこの町で一目置かれる実業家です。商工会議所の副会頭で、彼が住む界隈では調停役とみなされています。
ワン　（声を上げる）あんたらがそう思ってるだけだろうが！　商売仲間だからな。
警官　（ささやく）あれは鼻つまみ者でして！
大家　福祉協会会長として法廷に報告しますが、シュイ・タさんはタバコ工場のたくさんの工員に明るくて健康的な、考えうるかぎり最良の住まいを提供しようとしていますし、傷痍軍人ホームにも絶えず寄付をしています。
警官　（ささやきながら）ミー・チュウ夫人です。フー・イー・チェン裁判官のご友人です！
一の神　わかった、わかった。だが被告人に不利な発言も聞かなければならない。

（ワン、建具職人、老夫婦、失業者[10]、弟の妻、若い娼婦、進み出る）

**警官**　あの界隈のクズどもです！

**一の神**　シュイ・タの普段の行動について話してもらおう。

**叫び声**　（入り乱れて）破滅させられました！　恐喝されました！　悪いことをするようそそのかされました！　途方に暮れた人間から搾取しました！　嘘つきです！　詐欺師です！　人殺しです！

**一の神**　被告人、なにか言うことはあるかね？

**シュイ・タ**　わたしがしたことといえば、わたしの従妹が生きるか死ぬかというときに救いの手を差し伸べただけです。わたしが手をだしたのは、従妹が店をなくしそうになったときだけです。都合三回になります。この町に長居するつもりはありませんでした。居すわることになったのには、いろいろ事情があったのです。そのあいだ、粉骨砕身働きました。従妹は人気があります。わたしは汚れ仕事を引き受けたので、嫌われています。

**弟の妻**　そう、そのとおりです。うちの子どもに訊いてください！　（シュイ・タに）袋のことは言わないけどね。

**シュイ・タ**　なぜだ？　言えばいいじゃないか。

**弟の妻**　（神々に）シェン・テはうちらを泊めてくれましたが、こいつはうちらを警察に突きだしました。

**シュイ・タ**　菓子を盗んだからじゃないか！

**弟の妻**　パオズ屋の菓子を盗んだからって言うのかい！　店を自分のものにするためだったに決まってる！

シュイ・タ　この店は避難所ではない。自分勝手な奴だ！
弟の妻　だけど、うちらはホームレスだった！
シュイ・タ　人数が多すぎた！
ワン　じゃあ、この人たちは？　（老夫婦を指差して）この人たちも自分勝手だったかな？
老人　わたしたちは貯めたお金をシェン・テに与えました。よくもうちの店を潰したな。
シュイ・タ　従妹が飛行機乗りに肩入れして、空を飛べるようにしてやろうとしたんだ。その金を工面する必要があった！
ワン　シェン・テはそうだっただろうけど、あんたは北京に触手を伸ばしてたんだ。シェン・テの店じゃ物足りなくて。
シュイ・タ　家賃が法外だった！
シン　それは確かね。
シュイ・タ　従妹は商売のイロハを知らなかった。
シン　それは言えてる！　おまけに飛行機乗りに惚れてた。
シュイ・タ　恋をしちゃいけないか？
ワン　いいに決まってる！　だけど、あんたはあの子を、愛してもいない理髪師と結婚させようとした。あれはどうしたわけなんだい？
シュイ・タ　シェン・テが愛した男はだめ人間だった。
ワン　そいつが？　（スンを指差して）
スン　（跳び上がるように立ち上がって）だめ人間呼ばわりかい。そんな人間をよく商館に雇い入れたもんだ！
シュイ・タ　心を入れ替えさせるためだった！　心を入れ替えさせようとしたんだ！
弟の妻　工員仲間に笞《むち》を打っただけじゃないの！
ワン　そして心を入れ替えたところで、そこの女に売りとばしたってわけか？（大家を指差して）あっちこっちでそう言いふらしている！
シュイ・タ　スンが膝を撫でてくれないなら、借家は渡せないと言われたからだ！
大家　嘘よ！　うちの借家がどうしたというの？　あんたとは一切関係ないわ、人殺し！（大家はへそを曲げて退場）
スン　（きっぱりと）裁判官、ひと言、シュイ・タさんの弁護をさせてください！
弟の妻　そうくると思った。雇われの身だものね。
失業者　工員をあんなにこき使う奴は見たことがない。腐ってる。
スン　裁判官、被告人はたしかに俺をそういう人間に仕立てました。だけど、人殺しじゃありません。シュイ・タが逮捕される数分前に、俺は店の奥の部屋でたしかにシェン・テの声を聞いたんです！
一の神　（息をはずませて）では、生きているのか？　なにを聞いたか詳しく話してもらいたい！
スン　（胸を張って）すすり泣きです、裁判官。すすり泣く声がしました！
三の神　シェン・テの声だったのか？
スン　間違いありません。聞けばわかります。
シュー・フー　そりゃ、あんたはあの子をよく泣かせていたからね！
スン　俺はシェン・テを幸せにしようとしたんだ。それなのに、こいつは（シュイ・タを指差して）シェン・テをあんたに売りやがった。
シュイ・タ　（スンに）おまえが彼女を愛していなかったからだ！
ワン　それはちがう。金欲しさでしたことだ！
シュイ・タ　しかしなんでお金が必要だったと思われますか、裁判官？　（スンに）おまえはシェン・テに友だちをすべて捨てるようそそのかした。だが理髪師は貧しい人たちを助けるがいいと言って、借家と資金をだしてくれた。理髪師と婚約させたのは、従妹に善行を施させるためだった。
ワン　じゃあ、小切手に高額の金額を記入したあと、どうしてシェン・テに善行を施させなかったんだ？　汗臭い汚らしい小屋をタバコ工場にして、シェン・テの友だちを押し込めた。どうしてだ、タバコ王？
シュイ・タ　子どものためだ！
建具職人　俺の子ども？　俺の子どもがどうしたって言うんだ？
（シュイ・タ、沈黙する）
ワン　だんまりを決め込むとはな！　神さま方はささやかな善行を積ませるために、シェン・テにあの店をくださったんだ。それなのに、あの子がいいことをしようとすると、決まってあんたがしゃしゃり出て、ぶち壊した。
シュイ・タ　（我を忘れて）資金が底を尽きそうになったからだ、この唐変木。
シン　そのとおりです、裁判官！
ワン　ちゃんと使わないなら、資金があってもしょうがないだろう。
シュイ・タ　善行は破滅をもたらす！

ワン　（声を荒らげて）じゃあ、悪いことをすれば、いい暮らしができるってのかい？　善人のシェン・テをどうしたんだ、この悪党。善人はどのくらいいるものなんでしょうか、神さま？　でも、シェン・テは善人でした！　そこにいる奴があっしの手を折ったとき、シェン・テは証人になってくれようとしたんです。だから今度は、あっしが彼女のために証人になります。シェン・テは善人でした。あっしが保証します。（ワン、手を挙げて誓う）

三の神　その手はどうした、水売り？　固まっているではないか。

ワン　（シュー・フーを指差して）あいつにやられました。あいつのせいです！　シェン・テは医者に行く金をだそうとしたんですが、そのときシュイ・タがあらわれたんです。おまえはシェン・テの不倶戴天の敵だ！

シュイ・タ　わたしは彼女の唯一の味方だ！

全員　シェン・テはどこにいるんだ？

シュイ・タ　旅に出てる。

ワン　どこへだ？

シュイ・タ　それは言えない！

全員　だけど、なぜ旅に出る必要があった？

シュイ・タ　（わめく）さもないと、おまえらに身ぐるみはがされるからだ！

（突然、静寂に包まれる）

シュイ・タ　（椅子にしゃがみ込む）もう無理です。すべて説明します。法廷から人払いをして、裁判官だけ残ってください。そうすれば自白します。

全員　自白！　観念したか！

一の神　（ハンマーで机を叩く）みんな、法廷から出るように。

（警官、人払いをする）

シン　（笑いながら出ていく）話を聞いたら、さぞかしたまげるだろうよ！

シュイ・タ　みんな外に出ましたか？　もう黙っていられません。あなた方の正体はわかっています、神さま！

二の神　セツアンの善人シェン・テをどうしたのだ？

シュイ・タ　では、とんでもない真実を告白します。わたしがその善人なのです！　（シュイ・タは仮面を取り、衣服を脱ぎ捨てる。シェン・テがあらわれる）

二の神　シェン・テなのか！

シェン・テ　はい、わたしです。シュイ・タとシェン・テ、どっちもわたしです。

神さまからいただいた使命
善人たれという　その命令に
わたしの体は雷に打たれたごとく
まっぷたつ　他人に善行施し
自分によくすることなど　無理な相談
無理難題というもの
神さまの創ったこの世は　困難と絶望だらけ

あわれな人に差し伸べる手は
またたくまにもぎ取られ　人を助ければ
自分が破滅する！　それも当然　食う肉がなく
死のうとしているときに　悪行を拒めるものか
必要なものはどこから手に入れたらいいだろう
自分しかいない！　でも　そうすれば身の破滅！
善人たれという　掟がわたしを押しつぶす
ところが善行をやめると偉くなり
おいしい肉にありつけた
神さまの創ったこの世は　どこか狂っている
どうして悪行が報われ　善行がひどい
仕打ちを受けるのでしょう
わたしだって　いい暮らしがしたい
ドブ水が産湯代わりだった身の上
身過ぎ世過ぎは　心得たもの
目ざとく立ちまわれる　けれども
貧困を目の当たりにして　あまりに切なく
激しい怒りに襲われた
わたしは猛獣に変身し

牙を研ぎすました
やさしい言葉も苦い味がした
場末の天使たらんとしたのに
施すのは　楽しかった
喜ぶ顔を見て
天にも昇る心地だった
罰してください　わたしの罪は
隣人を助け　恋人を愛し
わが子を守るためにしたこと
神々よ　あなた方の大いなる計画には
ちっぽけすぎる　わたしのごとき哀れな人間は

一の神　（すっかりショックを受けた様子で）それ以上言うな、あわれな者よ！　せっかくそなたと再会できて、喜んでいるというのに！
シェン・テ　しかし悪人であるのは間違いありません。今ここにいた人たちが言ったとおりの悪行に手を染めました。
一の神　そなたは善人、よいことしかしていないではないか！
シェン・テ　いいえ、悪事も働きました！
一の神　誤解だ！　たしかに結果が伴わないこともあった。心ない隣人も数人いた！　少し無理をしすぎたのだ！
二の神　しかし、この娘の今後をどうする？
一の神　生きていけるとも！　息災で、容姿端麗、おまけに粘り強いからな。
二の神　しかし娘が言ったことを聞いただろう？
一の神　（激しく）混乱していただけだ！　信じるに値しない！　われわれの掟がそんなに危険なものだと認められるものか。掟を放棄しろと言うのか？　馬鹿な！　絶対にだめだ。世界を変革しろと言うのか？　どうやって？　だれの力で？　いいや、なにもかもこれでいいのだ。（一の神、すかさずハンマーで机を叩く）
さて、それでは。
（一の神の合図で音楽が鳴り響く。舞台は明るいピンクに染まる）
天に帰ろうではないか
この小さな世界にこだわりすぎた
人々の喜び悲しみに
われらは一喜一憂した
星の彼方に戻っても　忘れはしないぞ
善人シェン・テ　そなたがいたことを
そなたがこの世で　われわれの意志を叶えたことを
冷たい闇の中で　小さな明かりを灯したことを
ご機嫌よう　元気でな！

（一の神の合図で天井が開き、ピンクの雲が下りてくる。その雲に乗って、神々はゆっくりと昇天する）

シェン・テ　そんな、神さま！　行かないでください！　わたしを見捨てないでください！　店をなくしたあの老夫婦に顔向けできません。手がこわばった水売りにだって。愛していない理髪師や、愛しているスンに、どう抗えというのですか？　わたしは身ごもっています。もうじき小さな息子が生まれ、食べものを求めます。ここではやっていけません！（シェン・テは、自分を苦しめる人々が入ってくるといわんばかりに、焦ってドアを見つめる）

一の神　そなたならできるだろう。よいことをするのだ。そうすれば、万事うまくいく！

（証人たち、登場。ピンクの雲に乗って浮かぶ裁判官たちを見て、仰天する）

ワン　頭《こうべ》を垂れろ！　神さま方が顕現された！　三柱の最高神がセツアンにおいでになった。神さま方は善人をお見つけになった。けれども……。

一の神　つべこべ言うな！　善人はそこにいる！

一同　シェン・テ！

一の神　死んではいなかった。姿を隠していただけだ。その者はそなたたちと共に居つづけるだろう、善人として！　人間として！

シェン・テ　でも、わたしには従兄が必要です！

一の神　使いすぎはいかんぞ！

シェン・テ　週に一度くらいなら！

一の神　月に一度、それで充分だ！

シェン・テ　行かないでください、神さま！　まだ申しあげたいことがあるのです。神さまが必要なのです！
**神々**　（「雲に乗って消える神々の三重唱」を歌う）

雲に乗って消える神々の三重唱

束の間しかいられないのは
残念至極
美しい眺めも
書きとめる前に消え
そなたらの影
金色の光に飲まれる
だから　許すのだ
われわれが虚無に帰るのを

**シェン・テ**　お助けを！
**神々**
善人探しはもう終わり
さっさと帰ろう！
誉め称えよ　誉め称えよ

セツアンの善人！
（シェン・テ、絶望して神々のほうに手を差し伸べる。神々は微笑み、手を振りながら消える）

## エピローグ

幕の前に俳優が登場。観客に向かって腰を低くしてエピローグを語る。

俳優
観客のみなさま　どうかお気を悪くなさらず
こんな終わり方ではだめなことくらい百も承知
きっと殉教した聖人の伝説(11)を連想するでしょう
待っているのは決まって苦い結末
わたしたちもがっかりし　呆気にとられて
幕を見つめています　なにひとつ解決していない
けれども劇場に来て　楽しむかどうかは
みなさん次第

みなさんが人に勧めてくれなければ　わたしたちの破産は必定！
種が尽きたのは　こちらがびびったせいかもしれない
そういうことはよくあるもの　どうやって解決しましょうか？
わたしたちには見つからない　金をだしても見つかるものじゃない
別の人間だったらどうでしょう？　あるいは別の世界だったら？
神がちがえばどうでしょう？　あるいは神がいなかったら？
わたしたちは打ちのめされています　見かけだけではありません！
この苦境を脱する道は　ただひとつ
善人がよい結末を迎えられるように
みなさん自身が考えることです
観客のみなさん　さあ　自分で結末を探すのです！
いい結末が必要です　絶対に　絶対に　絶対に！

訳注

（1）ドイツの舞台美術家（一九〇四―一九六八年）一九四一年、ブレヒトの『肝っ玉おっ母とその子どもたち』（初演、チューリヒ）の舞台美術も担当。
（2）ドイツの作曲家、指揮者（一八九四―一九七九年）一九三九年にアメリカに移住し、一九四三年にアメリカでブレヒトと知己を得、一九四七年、本書の楽曲を作成。本書のほかも『肝っ玉おっ母とその子どもたち』などのブレヒト劇に楽曲を提供している。
（3）中国では一九三三年前後から、南京国民政府によって銀元（ぎんげん）への通貨統一が図られた。
（4）『新約聖書』「マタイによる福音書」第二十六章第四十一節参照。
（5）墨子に由来する考え。堯王、舜王、禹王、湯王、文王、武王、周公を指す。
（6）花言葉は「慕う」「誠実な心」。
（7）ここは墨子の「兼愛」を指していると考えられる。「兼愛」は「博愛」に相当し、愛の対象には自分も含みうる。これに対し、後述されるキリスト教の「隣人愛」（本書一〇〇頁）は利得を顧みず他者に無私で関わる自己犠牲を求めるところが大きく異なる点だ。
（8）「隣人愛」（アガペー）はユダヤ教の戒律（レビ記第十九章第十八節）に由来するキリスト教の中心概念。ワンは善人たれという神々の掟を「隣人愛」と言い換えることで、論理的にキリスト教的世界観に疑問を差しはさむことになる。
（9）『墨子』（藪内清訳注、東洋文庫五九九、平凡社　一九九六）第三十九　非儒　下（一九九頁）参照。
（10）10の冒頭の配役に「失業者」はいない。おそらく「祖父」を指す。
（11）中世ヨーロッパで広く流布した聖人伝「黄金伝説（レゲンダ・アウレア）」を指す。

# 三文オペラ（一九二八年初版）

ジョン・ゲイの英語作品『乞食オペラ』をもとにした序幕と三幕八場からなる音楽劇。

翻訳　エリーザベト・ハウプトマン

ドイツ語改作　ベルトルト・ブレヒト

音楽　クルト・ヴァイル

# 登場人物

ジョナサン・ジェルマイヤ・ピーチャム[1]　乞食同友会の社長
ピーチャム夫人
ポリー・ピーチャム　ふたりの娘
メッキース　ストリートギャングの頭
タイガー（ジャッキー）・ブラウン　ロンドン警視総監
ルーシー　その娘
柳のウォルター
鉤指のジェイコブ
コインのマサイアス
鋸のロバート
イード
ジミー
（以上）メッキースの子分、ストリートギャング
キンボール　牧師[2]
フィルチ[3]　ピーチャム配下の乞食
ジェニー　売春婦
スミス　筆頭警官
乞食
売春婦
警官

ナンバー1　序曲

『三文オペラ』と書かれた小さな幕が、序曲演奏中に上がる。左右の投影用パネルに以下のタイトルが浮かぶ。「今宵は乞食のためのオペラをご覧いただきます。乞食が夢見るような豪華絢爛なオペラに仕立てましたが、乞食にも入場料が払えるように格安に設定。そこでお題は
　『三文オペラ』。」

序曲が終わると、小さな幕が閉じる。ふたたび幕が開くと、役者たちは定位置につく。ただしパネル上の文字が読めるように、役者たちには照明を当てない。

序幕のタイトルは

**メッキー・メッサーの大道歌**

言葉が読めるあいだくらいパネルに投影し、それから照明を役者たちにふる。

# 序幕

ソーホーの歳の市。乞食はもの乞いをし、盗人は盗みを働き、売春婦は春を売っている。大道歌手が大道歌を歌う。

## ナンバー2　大道歌

海にはシャーク　するどい歯を
ずらっと並べた　口をあけ
陸にはメッキース　やつならナイフ
目にもとまらぬ　ナイフさばき

お日さま光る　日曜日
目抜き通りに　死体がひとつ
路地裏に消える　あいつはだれだ
その名はメッキース・メッサー

おっと　シュムール・マイヤー　どこに消えた
あいつはリッチな　ユダヤ人
やつの金を　使うはメッキース
証拠はなにも　ないけどね

（下手から上手へピーチャムが妻、娘と通りすぎる。散歩を楽しむように）

ジェニー・タウラー　胸をひとつき
ナイフで刺され　ころがっていた
見ろよ波止場を　メッキー・メッサー
そしらぬ顔で　歩いているぜ

真っ赤に大火事　ソーホー焼けた
ガキが七人　じじいがひとり
野次馬にまぎれた　メッキー・メッサー
あいつの正体　知る奴いない

年端もいかぬ　未亡人

名前はみんな　知っているぜ
気づけばすでに　おもちゃになってた
メッキー　おまえ　やりすぎじゃないか
（下手の売春婦たちのあいだから笑い声が上がり、男がひとり出てきて、早足で舞台を横切る。全員、あとずさる）
ジェニー　あれがメッキー・メッサーさ。
（小さな幕が下りる）

# 第一幕

## 第一場

パネルに以下のタイトル「世の中せちがらくなるばかり。商売人ピーチャムは、悲惨の極みを演出し、ますます冷たくなる人の心を揺さぶるべく、フランチャイズビジネスに乗りだした。」

ジョナサン・ジェルマイヤ・ピーチャムの乞食衣装部屋。着替えのための小さな更衣室。書見台。扉（下手）。小さな鉄の階段（上手）。義足、両足のない者が乗る台車、古着がところ狭しと転がっている。聖書の言葉を書いたパネルも多数並べてある。上手のショーケースに人の憐れみを誘う基本タイプを示す五つの蠟人形が並べてある。

ナンバー3　ピーチャムの朝の賛美歌

（ピーチャム夫人、隣の部屋でいっしょに歌う）

ピーチャム　（歌う）
目を覚ませ　地に墜ちた者
罪深き暮らし　つづけるがいい
悪党は悪党らしく　見本を見せてみろ
主の報いを食らえ　いい気味だ
売り飛ばせ　兄弟　ろくでなし
売りに出せ　女房　ごくつぶし
天にまします神は　空気じゃない
最期の審判　おまえに下る　ざまあ見ろ

ピーチャム　（話す）いやあ、よわった。なんとかしないとねえ。このままじゃ、商売あがったりだよ。

うちの商売、同情に訴えるところがミソでね。もちろん人間の心を揺さぶる手口はまだまだあるけど、ちょっと使うとすぐ効き目がなくなっちまう。まったく困ったもんさ。人間ってやつには、都合が悪いと冷酷になれるって恐るべき特技があるからね。片腕がない男を見かけたら、はじめはびっくりして十ペンスくらい平気で出すだろうが、二度目には五ペンスにけちり、三度目には警察につき出すだろう。まったく冷たいものさ。ほら、こういうありがたい言葉もまるで効き目なしだ。

(「与えることは奪うことよりも幸いなり」と書かれた大きなパネルが舞台の天井から下りてくる)

どんなに立派な言葉をシャレたプラカードに書いても、すぐに飽きられちまう。聖書にはまだ胸を打つ言葉がいくつかあるが、それまで飽きられたら、もうおまんまの食いあげだ。たとえば、これ。「与えよ、さらば与えられん」これなんか、ここにつるして三週間で古びちまった。年じゅう新しい言葉を考えなくちゃならん。またぞろ聖書をひっぱり出すっきゃない。いくら聖書だって、いつまでもつかわからんぞ。

(ノックの音。ピーチャム、ドアを開ける。フィルチという若い男が入ってくる)

フィルチ　ピーチャムさんの会社ってここっすか?

ピーチャム　俺がピーチャムだが。

フィルチ　乞食同友会の社長さんっておたく?　おたくのところへ行くように言われてきたんすよ。お、こりゃ、ずらっとありがたい言葉が。なかなかの財産すね。よくまあ、集めたもんすね。イカすなあ。俺たちじゃあ、こうはいかない。教養ないしね。商売がうまくいかないのもあたりまえか。

ピーチャム　名前は?

フィルチ　いや、ぶっちゃけ言うとね、ピーチャムさん、俺、ガキの頃からついてなくて。おふくろはキッチンドリンカー、おやじはギャンブラー。小さいうちからほっとかれてね。母親の愛情も知らずに、大都会の泥沼にはまって足が抜けなくなっちまった。おやじの背中を見て育つなんてことなかったし。家庭の温もり？　まったく縁がなかったね。おかげで、こういうザマに……。

ピーチャム　たしかにザマねえな……。

フィルチ　（どぎまぎする）もうヤバヤバっす。これが世間の荒波ってやつっすかねえ。

ピーチャム　哀れ、波にもまれる沈没寸前の難破船ってわけか。ところで難破船、おまえ、どの地区でそんな子どもだましの戯れ歌を歌ってた？

フィルチ　えっ、どういうことっすか、ピーチャムさん？

ピーチャム　今の話を人前で披露したんじゃないのか？

フィルチ　大当たり、ピーチャムさん。昨日、ハイランド通りで、からまれちゃって。俺的には、おとなしく街角に立って、お涙ちょうだいって感じで帽子をさしだしてただけなんすよ。まさかあんなにボカスカやられるなんて……。

ピーチャム　（手帳をめくりながら）ハイランド通り。あった、あった。昨日、ハニーとサムがしぼりあげたトーシローってのは、おまえだな。おまえ、よくも十区の通行人に迷惑をかけたな。ぶちのめすだけですませたのは、おまえがなにも知らなかったからだ。もう一度やってみろ、ノコギリでギコギコひいてやるから、覚えとけ。

フィルチ　勘弁してよ、ピーチャムさん。どうしろって言うんすか？　俺、あのふたりにズタボロにされてから、あんたの名刺を渡されたんすよ。服、脱いで見せます？　まるで棒ダラみたいすよ。

ピーチャム　おまえなあ。ヒラメみたいにペチャンコにされなかっただけ、ありがたく思え。うちの連中が手抜きしたおかげだ。それを、この青二才、のこのこやってきやがって。盗人たけだけしいとはおまえのことだ。もしもおまえの池から上等なマスをかっさらう奴がいたら、おまえ、どうする？

フィルチ　そうすねえ、ピーチャムさん。だけど、池なんて持ってないからなあ。

ピーチャム　いいか、営業許可証はプロにしかださない。

（ビジネスライクに市街地図を出す）

ロンドンは十四の地区に分かれている。そこで乞食をやりたいやつはみんな、このジョナサン・ジェルマイア・ピーチャムさまが経営する乞食同友会の営業許可証がいるんだ。みんなと言ったら、みんなだ。世間の荒波にもまれた難破船でもだ。

フィルチ　ピーチャムさん、俺の持ち金、たったの数シリングなんすよ。これを手放したら、文無し。二シリングで、なんとか手を打ってくれないすか？

ピーチャム　二十シリングだ。

フィルチ　そこをなんとか。

（フィルチ、拝むようにして「悲惨に対して汝らの耳を閉ざすなかれ」と書かれたポスターを指さす。ピーチャム、ショーケースのカーテンに書かれた「与えよ、さらば与えられん」という言葉を指さす）

フィルチ　十シリングじゃ、だめ？

ピーチャム　しょうがない。その代わり所場代として毎週の上がりの五割をもらうからな。衣装を借りた場合は七割だ。

フィルチ　衣装って、どんなのがあるんすか？

ピーチャム　それは同友会が決める。
フィルチ　どの地区で乞食をやらしてくれるんすか？
ピーチャム　（大きなロンドン市街地図の前で）ベーカー通り二番地から一〇四番地のあいだだ。あそこなら格安にしてやる。衣装つきで五割だ。
フィルチ　それでオッケーす。（フィルチ、金を支払う）
ピーチャム　おまえのフルネームを教えてもらおう。
フィルチ　チャールズ・フィルチっす。
ピーチャム　（叫ぶ）おーい、おまえ！（ピーチャム夫人、あらわれる）こいつはフィルチだ。契約番号三一四。担当地区はベーカー通り。台帳には俺が書きこんでおく。うまい具合にもうすぐ戴冠式があるから、その前に配属してやろう。こんな金をせびれるチャンス、一生に何度もないぞ。タイプCでいこう。

（ピーチャムは右手のショーケースの前へ行き、カーテンを開ける）

フィルチ　なんすか、これ？
ピーチャム　これこそ、人の心を揺さぶる五つの基本タイプだ。これを見ると、だれしも無性に金を出したくなるものなんだ。さて、タイプCだが、おい、シーリア、おまえ、また酔っぱらってるのか？目をとろんとさせやがって。一三六号が衣装のことで文句を言ってたぞ。なんど言ったらわかるんだ。ジェントルマンは汚い服を着ないものだ。一三六号は新品の衣装の代金を払っているんだ。人の同情に訴えるシミだって、ロウソクのワックスをアイロンでしみこませて作らなくちゃならなかったんだ。すこしは頭を使え。俺が目を光らせていないと、ろくなことにならん。（フィルチに向かって）服を脱いで、これを着な。雑に扱うなよ！

フィルチ　俺の私物はどうなるんすか？

ピーチャム　うちでいただく。タイプA。落ちぶれた若者、ないしは小さいころから親に見捨てられた若者だ。

フィルチ　なあるほど、リサイクルするってわけっすね。それなら、俺が落ちぶれた若者をやったほうが手っ取り早くないすか。

ピーチャム　それじゃ、まんまじゃないか。そんなのだれも信じやせん。腹痛になったとき、腹が痛いって言ってみろ、みんな、やな気分になるだけだろう。つべこべ言わず、渡された衣装を着ればいいんだよ。

フィルチ　なんか、これ、ばっちいな。（ピーチャム、じろっとにらむ）っと、すんません、すんません。

ピーチャム夫人　ちょっと〜、ぐずぐずしないでよ。いつまであたしにズボンを持たせるのさ。クリスマスになっちゃうじゃない。

フィルチ　（いきなり激しい口調で）だけど、ブーツは脱がないすよ！　絶対やですからね。そのくらいなら、乞食をやめます。これはあわれなおふくろからもらった、たったひとつの贈り物なんすよ。どんなに落ちぶれたって、これだけは絶対に……。

ピーチャム夫人　ぐだぐだ言ってんじゃないよ。きたない足をしてるくせに。

フィルチ　だって、洗いようがないっしょ。真冬なんだもの。

（ピーチャム夫人、衝立の後ろにフィルチを連れていき、それから下手で椅子に腰掛け、ロウソクをアイロンで上着にしみこませる）

ピーチャム　おい、あの子はどこだ？
ピーチャム夫人　ポリーかい？　上だよ！
ピーチャム　例の奴、昨日もまた来たのか？　俺が留守のときにかぎって来やがる。
ピーチャム夫人　そんなに勘ぐらなくてもいいじゃない、ジョナサン。あんな紳士はそんじょそこいらにいないよ。キャプテンたら、うちのポリーにほの字でさあ。
ピーチャム　そうかい。
ピーチャム夫人　ポリーもあの人に気があるみたいでねえ。
ピーチャム　シーリア、娘を安売りしちゃだめだ。俺は億万長者か？　まさか結婚させるつもりじゃないだろうな！　そんなクズ野郎にうちの企業秘密をのぞかれたら、一週間もたたないうちに店じまいしなくちゃならなくなる。そう思わないか？　花嫁！　結婚なんかしたら、そいつになんでも筒抜けだ！　そうとも。おまえだってベッドじゃ口が軽い。娘の口が固いわけないだろう。
ピーチャム夫人　自分の娘にずいぶんじゃない。
ピーチャム　あの子はサイテーさ。あんなしょうもない奴はいない。色恋しか頭にないんだからな。
ピーチャム夫人　そこだけはあんた譲りね。
ピーチャム　結婚！　あいつは、いざというときの切り札なんだからな。（ピーチャム、聖書をめくる）え〜と、たしか聖書に書いてあったぞ。結婚というのはそもそも汚らわしいものだってな。あいつを考え直させなくちゃ。
ピーチャム夫人　ジョナサン、あんた、古いねえ。
ピーチャム　古いだと？　それより、その紳士とやらの名前はなんて言うんだ？

ピーチャム夫人　さあ。みんな、キャプテンとしか呼ばないからねえ。
ピーチャム　名前も聞いてないのか？
ピーチャム夫人　だってあんなに上品で、あたしたちを烏賊《いか》ホテルのダンスホールに誘ってくれたのよ。出生証明書を見せてくれなんて、そんな格好悪いこと言える？
ピーチャム　なにに誘われたって？
ピーチャム夫人　烏賊ホテルのダンスホールよ。
ピーチャム　キャプテンと言ったよな。それで烏賊ホテルだと？　なるほど……。
ピーチャム夫人　なにせあたしや娘の手を取るときでも、なめし革の手袋をはずさないくらい上品なんだよ。
ピーチャム　なめし革の手袋！
ピーチャム夫人　とにかく手袋をはずすことがないのよ。その手袋が白くてね。なめし革の白手袋なのさ。
ピーチャム　なるほど、なめし革の白手袋な。まさか象牙のにぎりのステッキを持っていなかっただろうな。エナメルの靴をはいてて、スパッツをつけてなかったか。そして気取った奴で、傷跡がひとつ……。
ピーチャム夫人　そうそう、首筋にひとつ。なんで知ってるの？
（フィルチ、衝立から出てくる）
フィルチ　ピーチャムさん、ちょっといいすか？　指示が欲しいんすけど。適当ってのが苦手で。
ピーチャム夫人　指示をくれってさ！

ピーチャム　それじゃ、ぼんくらの役をやらせよう。
ピーチャム夫人　それはぴったりだね。
ピーチャム　ああ、ばっちりだ。今晩六時に出直してこい。必要なものをそろえておく。わかったら、出ていけ！
フィルチ　ありがとう、ピーチャムさん、ありがとう。
ピーチャム　おい、五割だからな！――さて、今度はおまえに教えてやろう。その革手袋の紳士は、なにを隠そう、メッキー・メッサーだよ！
（ピーチャム、上手の階段を駆けあがる）
ピーチャム夫人　なんだって、メッキー・メッサー？　ヤバいよ。ヤバすぎだよ。神さま、お助け！こうしてはいられないわ。ポリー！　ポリー！　ポリーが大変！
（ピーチャム、ゆっくり戻ってくる）
ピーチャム　やられた。ポリーは帰ってないぞ。ベッドはもぬけのからだ。
ピーチャム夫人　成金の旦那のエスコートでディナーとしゃれ込んでいるんじゃないの？　きっとそうよ、ジョナサン！
ピーチャム　成金の旦那が相手ならいいんだがな！
（小さな幕がしまる）
（幕の前でピーチャム夫妻が歌う。合唱中の照明、金色の光。一本の棒にライト三灯、上から下りてきて、パネルにスポットライトを当てる。パネルには「やなこったソング」と書いてある）

ナンバー4　やなこったソング

**ピーチャム**

「やなこった　やなこった
おうちでくすぶり　おねんねかい
うかれちゃお　うかれちゃお」
世紀の恋でも　してるつもりかよ　しょうもねえ

**ピーチャム夫人**

月が出たわよ〜　ソーホー
くだらない言葉ね　「あたし　ドキドキよ」
これもだめよね　「あなたについて行くわ　ジョニー」
恋が熱く燃えるのは　月が出てるうち

**ピーチャム**

「やなこった　やなこった
意味ある　役立つ人生なんて
うかれちゃお　うかれちゃお」
泥にまみれて　くたばっちまうのが　世の常だ

**ふたりで**

ａ　月が出たわよ　ソーホー

b　月が出てどうする　ソーホー
a　くだらない言葉ね「あたし　ドキドキよ」
b　くだらなきゃ言うな「あたし　ドキドキよ」
a　これもだめよね「あなたについて行くわ　ジョニー」
b　だめなら言うな「あなたについて行くわ　ジョニー」
恋が熱く燃えるのは　月が出てるうち

## 第二場

タイトル「ソーホーのど真ん中、盗賊メッキー・メッサーは乞食王の娘ポリー・ピーチャムとの結婚を祝う。」

からっぽの馬小屋。翌日の午後五時。かなり日が暮れている。メッキースはコインのマサイアス、ポリーと共に舞台に出る。

マサイアス　(馬小屋を照らしながら、ピストルをかまえている) おい、だれかいるか？　いたら手を上げろ！

(ナンバー2「大道歌」、静かに流れる。主題歌のように)

（メッキース、入ってきて、舞台をぐるっと一周する。音楽消える）

マック　どうだ、だれかいるか？

マサイアス　だれもいねえよ！　ここならだれにもじゃまされず、結婚式が挙げられるぜ。

ポリー　やだわ。ここ、馬小屋じゃなくて⁉

マック　ちょっとそこの飼い葉桶にすわっててくれ、ポリー。これからここで俺たちの結婚式だ。ポリーは俺を愛し、生涯添い遂げる。

マサイアス　しっかし、よくまあ、あのピーチャムの一人娘に手を出したねえ。命知らずだって、ロンドンじゅうのうわさになるな。

マック　ピーチャム？　だれだっけ、それ？

マサイアス　自称ロンドン一の貧乏人。

ポリー　ねえ、こんなところで結婚式を挙げるの？　ここ、馬小屋よ。牧師さんに来てもらうわけにいかないじゃない。それにここ、あたしたちの持ち物じゃないんでしょう。結婚生活を強盗ではじめるって、まずくないかしら、マック？　なんといっても、今日はあたしたちの人生最高の日なのよ。

マック　愛してるよ、おまえ。望みはな〜んでも叶えてやる。ちゃんと大事にするよ。家財道具は、もうすぐ届くはずなんだがなあ。

マサイアス　家財道具の到着でございい。

（メッキース、急いで出ていく。大きなトラックが入ってくる音。子分が五人、入ってくる。手に手に絨毯、家具、食器をかかえている。馬小屋を超一流のレストランにするつもりらしい）

マック　なんだ、ガラクタばっかかじゃねえか。

（男たち、下手に贈り物を置き、上手にすわっている花嫁花婿のところへ行き、花嫁にお祝いを言って、花婿に報告をする）

ジェイコブ　おめでとう！　ジンジャー通り十四番地を狙ったんだけど、みんな、二階にいてさ。火をつけて、あぶり出すの大変だったよ。

ロバート　いや、めでたい、めでたい。ストランド通りの繁華街で警官をひとりやっちまったけど。

イード　俺たち、できるだけ気をつけたんだよね。だけどさあ、ウェストエンドでも、三人やっちまった。あっ、おめでとさん。

ジミー　俺、オヤジ狩りしちった。くたばっちゃいないと思うけど。おっと、おめでとう。

ウォルター　（別名　柳のウォルター）おめでと。俺っち、チェンバロ持ってきたよ、おかみさん。ついさっきまでサマーセットシャー公爵夫人の持ち物。

ポリー　こんなにいろいろ、どうしたの？

マック　気に入ったかい、ポリー？

ポリー　（泣き出す）この家具のために、泣く人がたくさんでたのね。

マック　それになんて家具だ。ガラクタばっかじゃねえか！　泣きたくなるのももっともだ。バラの木で作ったチェンバロ？　ルネッサンス風のソファ？　あきれたね。肝心のテーブルはどこだよ？

ウォルター　テーブル？

（男たち、飼い葉桶に数枚の板をのせる）

ポリー　ちょっと、マック。こんなの恥ずかしいわ。サイテーよ。牧師さんに来てもらえないわ。

マサイアス　えっ、もう呼んじまったぜ。ちゃんと道も教えちゃったし。

ウォルター　（テーブルを持ってくる）キャプテン、どうこれ、テーブルの一丁あがり。

マック　（ポリーが泣いているので）おい、俺のかみさんがコワレちまったぞ。他の椅子はどこだ？　？　チェンバロがあるのに椅子が足りない。どういうことだ。おまえら、ちゃんと考えてんのか？　せっかくの結婚式なんだぞ。なんど式を挙げたら覚えるんだ？　（ウォルター、咳払いをする）口を出すな、ウォルター。おまえたちに仕事を任せたことが何度あったかって聞いてるんだ。なのに、しょっぱなから俺のかみさんを悲しませやがって。

イード　愛するポリー。

マック　（イードの帽子を叩きおとす）愛するポリーだと！　頭かち割られたいか、この野郎。愛するポリーだって？　よく言えたもんだ。いつのまにそんないい仲になったんだよ？

ポリー　やめてよ、マック。

イード　いい仲だなんて。誓って言うけど……。

ウォルター　おかみさん、家具が足りなきゃ、俺たち、ひとっ走りしてきますぜ。

マック　チェンバロはあるのに、椅子が足りないとはな。（笑う）花嫁の意見はどうだい？

ポリー　（無理に笑いながら）まあ、サイテーって言ったのは言い過ぎだったかしら。

マック　椅子がふたつに、ソファ。花嫁花婿は地べたにすわるってか！

ポリー　そうね。そういうことになるわね。

マック　（鋭く）そのチェンバロの脚を切っちまえ。早くしろ！

（男が四人、チェンバロの脚を切りながら歌う）

## ナンバー5　結婚の歌

（アカペラ）

ビル・ロージェン　と　メリー・サイヤー
先週の水曜日　めでたく　夫婦になった
役場に行ったはいいけど　おふたりさん
ビルは　ウェディングドレスの　でどこを知らず
メリーさんは　夫の名前もろくに覚えちゃいない
万歳！

ウォルター　ほうら、ベンチの一丁あがり！
マック　おい、おまえら、そろそろボロを脱いで、ビシッと決めないか。半端な結婚式にしたくないんだ。ポリー、食事の用意をしてくれ。
（子分たち、見えるところで着替える）
ポリー　なあに、この食べ物。これも盗んできたの？　そうなの、マック？
マック　もちろんさ。
ポリー　お巡りさんに踏み込まれたらどうするの？
マック　どうするか見せてやりたいねえ。
マサイアス　今日は心配いらないよ。ほら、今度の金曜日に戴冠式があるだろう。それで騎馬警官はみんな、ダヴェントリーに女王を迎えにいってるさ。
ポリー　これ、どうなってるの？　ナイフが二本にフォークが十四本。ナイフは椅子一脚に一本てわけね。
マック　なに、半端なことしてんだよ！　これじゃ、駆けだしと同じだ。一人前に仕事もできねえのか？　家具のスタイルくらい勉強しろよな。チッペンデールスタイルはルイスタイルと……。
ウォルター　ルイスタイル？
マック　ルイ十四世のスタイルだよ。ぜんぜん形がちがうんだぞ。
（子分たち、もどってくる。エレガントな夜会服を着ているが、まるで着こなせていない）
ウォルター　俺たち、値打ちものを持ってくることにしたんだよ。見てくれ、この家具。材料は超一流だよ。
マサイアス　ちょっと、いいかな、キャプテン。
マック　ポリー、ちょっと来てくれ。
（ふたりは祝福を受けるためにかしこまる）
マサイアス　えーと、ここに謹んでキャプテンに心からなるお祝いを申し上げます。キャプテンの人生最高の日、人生花盛り、つまり人生の転機ってやつですな、えーと、それから。ああ、まどろっこしい。とにかく（メッキースに握手する）気合いだー、大将！
マック　ありがとよ、マサイアス。ぐっときたよ。
マサイアス　（メッキースと感動的な抱擁をしたあと、ポリーと握手する）だしょ。なにごとも気合いが大事。つまりね（にやりとする）ふにゃふにゃじゃあ、だめってこと。
（子分たち、下卑た笑い声を上げる。マック、いきなりマサイアスの胸ぐらを軽くつかんでひっくりか

えす）

マック　ふざけるな。そういう下ネタは、おまえのキティにしろ。あの桃尻娘ならお似合いだ。

ポリー　マック、あんまりひどいことを言わないで。

マサイアス　そうだよ、キティを桃尻娘って言ったな。そりゃ、なかろう。（やっとの思いで立ち上がる）

マック　ほう、怒ったか。

マサイアス　キティの前じゃ、そういう下ネタは言わないんだ。俺は、キティを大事にしてるからね。キャプテンにはわからないさ。あんたはその程度の人間。下ネタが好きなのはあんたの方じゃないか。ルーシーからちゃんと聞いてるんだ。あんたとくらべたら、俺なんかまだまださ。

マック　（マサイアスをにらみつける）

ジェイコブ　まあまあ、せっかくの結婚式なんだから。

（子分たち、マサイアスをそこから連れ去る）

マック　まったくイカしてるよな、ポリー。おまえの結婚式に、こんなヘタレしか客がいないなんてな。おまえの夫が、こんな風に仲間からコケにされるなんて、唖然だろ。ザマねえや。

ポリー　だいじょうぶ。気にしないで。

ロバート　（別名　鋸のロバート）なんだよ、コケにするはずがないじゃん。意見が合わないのはいつものことじゃんか。なあ、コイン、キティだって、他の女にまけないいい女だよね。それよっか、そろそろ結婚式のプレゼントを出したらどう？

全員　そうだ、出せ、出せ。

マサイアス　（まだへそを曲げている）ほらよ！

ポリー　ありがとう、コインのマサイアス。ねえ、見て見て、マック、きれいなネグリジェ。
マサイアス　こいつも下ネタになっちまうかな、キャプテン？
マック　もうよそうぜ。結婚式だってのに、気~悪くさせちまったな。わりぃ、わりぃ。
ウォルター　おっ、なんだ、こりゃ？　チッペンデールスタイルでござ~い！　（大きなチッペンデール風の箱時計の覆いを取る）
マック　ばか言え、それはルイ十四世スタイルだ。
ポリー　すっご~い。あたし、うれしいわ。言葉がないくらい。気を使ってくれてありがとう。だけど肝心のおうちがないなんて、ちょっと悲しいわ、マック。
マック　ちょい大目に見てくれないかなあ。はじめはなんでも、もたつくもんさ。
ウォルター　そう、もたつく。もたつくなんてもんじゃないさ。この置時計、めっちゃ重いのに、今朝四時に店から運びだしたとき、どこをさがしても乗り合い馬車が見つからなかったんだ。弱ったよ。キャプテンの新しい人生の門出に箱時計。だけど運ぶのにひと苦労しちゃった。
マック　ありがとよ、ウォルター。さあ、これを片付けてくれ。めしにしよう、めし。ポリー、温かい食事は出せないけど、まあ、そこはわかってくれよな。よ~し、おまえら、手を貸してくれ。
ジェイコブ　（他の連中が食事の準備をしているあいだに）じぶん、手ぶらなんすよ。（一生懸命ポリーに話しかける）かっこつかないよね、おかみさん。
ポリー　鉤指のジェイコブ、そんなこと黙ってればいいのよ。
ジェイコブ　みんな、プレゼントを持ってきてるのに、じぶんだけ手ぶらだもんな。俺の身にもなってよ。なんでこうついてないのかな。なさけないったらないよ。じつは、ジェニーに会ってねえ、あい

つ……。（いつのまにかメッキースが後ろに立っているのに気づき、だまって立ち去る）

マック　（ポリーを花嫁の席に連れていく）ポリー、おまえに食べてもらおうと、うまそうなものばっかそろえたんだ。さあ、こっちに。

（全員、婚礼の席につく）

イード　（食器をさしながら）イカす皿だしょ。サボイ・ホテル[4]の名入りだよ。

ジェイコブ　このマヨネーズ・エッグ、セルフリッジズ[5]のデパ地下でぱくってきたんだ。フォアグラのパテもあったんだけど、ジミーのやつが腹ぺことか言って、途中でがっつり食っちまった。

ウォルター　おおっと、上品な客は腹ぺこなんて言わないもんだ。

ジミー　おい、イード、その卵の食い方、なんだよ。結婚式だっつうのに。

マック　だれか歌ってくれないか。天にも昇るようなうっとりするやつを頼む。

マサイアス　（笑いすぎてしゃっくりする）天にも昇る心地？　昇天したいのか？　いいんじゃねえ、それ！　（メッキースにさげすむような目をされて、あわてて腰をおろす）

マック　（子分のひとりが手にした皿をはたき落とす）食っていいなんて言った覚えはないぞ。まったくがつがつしやがって。食う前に、雰囲気作りってものがあるだろう。こういう日には、なんか余興をするもんじゃないのか。

ジェイコブ　たとえば、どんな？

マック　俺に言わせるのか？　オペラをやれって言ってんじゃない。めしを食って、下ネタを連発するだけじゃ芸がないだろう。なんか余興はないのか？　まあ、だれが友だちかわかるのは、こういうときなんだよな。

ポリー　ねえ、このサーモン、ほっぺた落ちそうよ、マック。
イード　だしょ。生まれてはじめてじゃないすか、こんなにうまいもの食うの。メッキー・メッサーと所帯を持てば毎日食えるんだよね。うまいことやったね。俺、いつも言ってんだ。マックは上流階級のお嬢さんに似合いの相手だってね。昨日だって、ルーシーに言ったんだよ。
ポリー　ルーシー？　だれなのその人、マック？
ジェイコブ　（あわてて）ルーシー？　だれだっていいじゃない。
マサイアス　（立ちあがって、ポリーの背後にまわり、大げさな身振りでジェイコブに黙るように合図する）
ポリー　（マサイアスを見る）どうしたの？　塩が欲しいの？　それよりジェイコブ、なにを言おうとしたの？
ジェイコブ　いや、なんでもない、ない。なにも言おうとしてなかったさ。あちち、舌をやけどしちまった。
マック　ジェイコブ、おまえ、手になにを持ってるんだ？
ジェイコブ　ナイフだよ、キャプテン。
マック　それじゃ、皿にはなにがのってる？
ジェイコブ　サーモンだよ、キャプテン。
マック　なるほどね。ジェイコブ、おまえ、サーモンをナイフで食うんだ。あきれたね。啞然だろう、ポリー？　魚をナイフで食うんだってさ！　そんなことするのはブタ野郎だ。いいか、ジェイコブ、おまえ、顔洗って出直してきな。ポリー、おまえには苦労かけるな。こういう連中が相手だからな。おい、おまえら、できる奴がどういうものかわかってんのか？

ウォルター　できる？　えっ、もうできちゃったの？
ポリー　やだわ、ウォルター。
マック　おい、こんなに言ってるのに、なにも歌わない気か？　今日を楽しく盛りあげようって気はないのか？　いつもどおりのワンパターンな一日になってもいいってんだな？　それより戸口に見張りはつけてあるのか？　そういうことまで、俺が心配しないといけないのかよ。まさか、おまえら、俺のおごりでたらふく食っているあいだ、俺に見張りさせようって腹じゃないよな。
ウォルター　（目くじら立てて）キャプテンのおごりってどういうこと？
ジミー　よしなって、ウォルター。俺が見張りにつくからさ。どうせだれも来やしないけどね。（出ていく）
ジェイコブ　結婚式の日に客がパクられたら、シャレになんないよ！
マサイアス　肝っ玉の小さいこと言うなよ。
マック　肝っ玉が小さくて悪かったな。
ジミー　（飛びこんでくる）ヤ、ヤ、ヤバいよ、キャプテン。マッポだ！
ウォルター　ひゃあ〜、タイガー・ブラウンだ！
マサイアス　まっさか〜、キンボール牧師さ。（キンボール、入ってくる。みんな、いっしょに声を上げる）
今晩は、牧師さん！
キンボール　見つけるのにひと苦労しましたぞ。ずいぶんちっぽけな小屋ですが、それでも持ち家とはご立派。
マック　デヴォンシャー公爵の持ち物さ。

ポリー　ようこそ、牧師さん。あたし、しあわせ。人生最高のときに牧師さんが……。
マック　おい、牧師さんを歓迎して、なにか歌え。
マサイアス　ビル・ロージェンとメリー・サイヤーの歌はどうだい？
ジェイコブ　いいねえ、ビル・ロージェン。ばっちりだ。
キンボール　いいですねえ。景気よく頼みますよ、若い衆。
マサイアス　一丁やるか、みんな。
（上手の三人、腰を上げて歌う。だがおずおずとしていて、声にはりがなく、自信なさげ）

ナンバー5　結婚の歌つづき

（アカペラ）
ビル・ロージェン　と　メリー・サイヤー
水曜日に　めでたく　夫婦になった
よくやるよ　ホッホッホ！
役場に行ったけど　おふたりさん
ビルは　ウェディングドレスの　でどこを知らず
メリーさんは　夫の名前もちゃんと覚えちゃいない
万歳！

おかみさん　影でこそこそなにしてる？　さあね！
浮気ばかりしてて　いいのかい？　さあね！
よくやるよ　ホッホッホ！
ビル・ロージェンが　おいらに言ったさ
俺には　あいつの　なにがあれば　いい
あきれたね
　万歳！

マック　それで終わり？　ちんけな歌だな！
マサイアス　（また笑いをかみ殺して）ちんけだってさ。うまいこと言うよな、みんな。
マック　うるさいぞ！
マサイアス　なんでさ。お粗末で、熱くなれないって言いたかっただけなんだけど。
ポリー　みんな、他に余興がないなら、あたしがちょっと披露しよ〜かな〜。これから、ソーホーの安酒場で出会った子の真似をするね、見てて。その子ね、皿洗いで、みんなにバカにされてたの。でもその子が客に言ったことがすごいのよ。それをこれから歌ってあげる。それじゃ、これが小さなカウンターだと思って。その子はひどい格好で、朝から晩までカウンターの裏に立ちずくめ。これが洗い桶で、これがコップをふく布巾ね。みんながすわってるところに、その子をバカにする客たちがいるの。客のつもりで笑って。でも、むりはしないでね。（ポリー、コップをふきながら、歌を口ずさむふりをする）そうしたら、だれかが言うの。（ウォルターを指す）あなた、言って「おい、いつになったら迎えの船は来るんだ、ジェニー?」

ウォルター　おい、いつになったら迎えの船は来るんだ、ジェニー?

ポリー　そしたらね、今度は別の人が、たとえばあなたね。「おまえ、まだコップを洗ってんのか、ジェニー、海賊の花嫁さん」って言って。

マサイアス　おまえ、まだコップを洗ってんのか、ジェニー、海賊の花嫁さん。

ポリー　それじゃ、はじめるわよ〜。

(ソング用の照明。金色の光。一本の棒にライト三灯、上から下りてきて、パネルにスポットライトを当てる。パネルには「海賊ジェニー」と書いてある)

ナンバー6　海賊ジェニー

いいかい　今のあたしは　しがない小間使い
言われりゃ　ベッドの用意もしてやるさ
小銭　もらって　尻尾をふるふる
ボロ着たあたし　場末のホテル
あたしがだれか　知らぬが仏

だけどある晩　港で悲鳴　さあ　大変
みんな　びっくり　ありゃなんだ?

だけどあたしは　コップをふきふき　笑うのさ
なんで笑う　と訊かれりゃ　答えようじゃないの
八つの帆かけた　海賊船
ずらっと　大砲　五十門
波止場についたのさ

おい　そこの　コップをせっせと洗え
そしてくれるわ　一ペニーぽっち
小銭をもらって　あたし
ベッドをこしらえるのね
だけど　眠れるもんか　今夜はね
あたしがだれか　知らぬが仏

だけどある晩　港でズドン　さあ　大変
みんな　びっくり　ありゃなんだ?
だけどあたしは　窓辺にたたずみ　ほくそえむ
なんであざ笑う　と訊かれりゃ　答えようじゃないの
八つの帆かけた　海賊船
ずらっと　大砲　五十門

街を砲撃　ぼこぼこさ

お昼に　上陸　海賊百人
ドアを　こじあけ　押し入った
縄で　みんなを　しばりあげて
あたしの前に　連れてきた　ぞろぞろと
そして訊くのね　だれから殺す?

昼の波止場は　しずまりかえる　さあ　どうしよう
だれから死ぬのか　みんなも　ビックビク
訊かれりゃ　言おうじゃないの　全員　殺っちゃって!
そして首が飛ぶたび　あたしは言うわ　ポトン!
八つの帆かけた　海賊船
ずらっと　大砲　五十門
あたしを乗せて　船出したよ

（ソングの照明、消える）
（しばし沈黙、それから拍手と笑い声）

マサイアス　いいねえ、おもろいよ、その歌!　歌い方もイカすし!

マック　おもろい？　イカす？　このトンマ、これは芸術って言うんだ。すばらしかったよ、ポリー。しっかし、こんなろくでもない連中が相手じゃなあ……おっと、失礼、牧師さん……とにかくこの連中が相手じゃ、もったいない。（ポリーに小声で）ところで、こんなおふざけは、あんまりしないでくれ。これからはやめてくれよな。（テーブルで大きな笑い声が上がる。子分たちが牧師をからかっている）牧師さん、手に持っているのはなんですか？

ジェイコブ　ナイフが二本だよ、キャプテン。

マック　牧師さん、皿にのってるもの、なにかわかります？

キンボール　サーモンだと思うが。

マック　てことは、なんですか。サーモンをナイフで食べる？

ジェイコブ　あらら～、おい、みんな、見たか？　魚をナイフで食べるやつは、なんだっけ？

マック　ブタ野郎さ！　わかったか、ジェイコブ。ちっとは勉強しろ。

ジミー　（飛び込んでくる）ゲキヤバだ、キャプテン。マッポのトップがじきじきにお出ましだ。

ウォルター　ブラウンだ。タイガー・ブラウンだ！

マック　おう、来たかい。タイガー・ブラウンといやあ、ロンドン一のマッポだ。オールド・ベイリー裁判所の大黒柱。そのタイガー・ブラウンがキャプテン・メッキースのお粗末な小屋においでくださったってわけだ。おまえらにいいことを教えてやるよ。

（子分たち、物陰に隠れる）

ジェイコブ　ヤバいぜ、しばり首になっちまう。

（ブラウン、登場）

マック　やあ、ジャッキー。
ブラウン　やあやあ、マック。バタバタしててな、あんまりゆっくりできないんだ。しっかし、どうして人様の馬小屋で結婚式なんて挙げるんだい。これじゃ、家宅侵入じゃないか。
マック　まあまあ、いいじゃないか、ジャッキー、ここが気に入ったんだよ。それより、よく来てくれたな。マブだちマックの結婚式に駆けつけてくれるなんて、うれしいぜ。花嫁を紹介しよう。旧姓ピーチャム。ポリー、これがタイガー・ブラウンだ。なあ、相棒。（ブラウンの背中を叩く）それから、こいつらが俺のダチさ、ジャッキー。ちっとは面識があるんじゃないかい。
ブラウン　（ぶすっとして）仕事の話はなしだ、マック。
マック　ああ、もちろんさ。おい、こっちにこいよ、ジェイコブ！　（子分たち、ぞろぞろ出てくる）
ブラウン　鉤指のジェイコブか。大した玉だ。
マック　こいつはジミー、こいつはロバート、こいつはウォルター！
ブラウン　今日のところは目をつぶろう。
マック　こいつはイード、こいつはマサイアス！
ブラウン　かけたまえ、諸君。かけたまえ。
全員　恐れ入りやす。
ブラウン　チャーミングな奥さんだ。会えてうれしいですよ。
ポリー　（ソングを歌い終わったあと、上手手前の椅子にすわっている）どど、どういたしましまして。
マック　まあ、すわれよ、ポンコツ船。ウィスキーの海にくりだそうじゃないか。今日、いっしょにいるこいつはなあ、国王陛下の思し召しで人一倍偉い地位についちゃいるけど、どんな嵐のときでもダチ公を見捨てなかった。おまえは、いい奴だよ。ほら、覚えてるかい、インドの植民地で俺たちが兵隊だったときのこと？　どうだい、ジャッキー、大砲ソングを歌おうぜ。

（ソングの照明。パネルには「大砲ソング」と書いてある）

（メッキースとブラウンの合唱）

ナンバー7　大砲ソング⑥

ジョンは戦友　ジムもいた
そしてジョージは　軍曹になった
軍隊入れば　過去　忘れ
そして進軍　さあ　いざ北へ

兵隊の　ねぐら
いつでも　大砲
インドの北　南⑦
どしゃぶりでも
どこのどいつでも
どんとかかってこいや
白いの　ほら　茶色いの

みんなまとめて　ぐちゃぐちゃミンチに　して　やる

ジョニーはウィスキーで　酔っぱらい
ジミーはふるえて　毛布をかぶる
ジョージが怒って　怒鳴ったさ
てめえら　軍隊　なめんじゃねえぞ

兵隊の　ねぐら
いつでも　大砲
インドの北　南
どしゃぶりでも
どこのどいつでも
どんとかかってこいや
白いの　ほら　茶色いの
みんなまとめて　ぐちゃぐちゃミンチに　して　やる

ジョンはあの世だ　ジムも死に
ジョージも消えた　死体も残らねえ
だけども赤い血　減ることねえ

足りなきゃ　またまた　徴兵するだけだ

（ふたりは椅子にすわったまま、行進のしぐさをする）

兵隊の　ねぐら
いつでも　大砲
インドの北　南
どしゃぶりでも
どこのどいつでも
どんとかかってこいや
白いの　ほら　茶色いの
みんなまとめて　ぐちゃぐちゃミンチに　して　やる

マック　人生の荒波ってやつが俺たち戦友を引き離して、ついには利害がぶつかるようになっちまった。犬猿の仲になるっていう奴もいたなあ。だけどどうだい、俺たちの友情はびくともしなかった。いいか、みんな、よく覚えとけ！　ギリシアの双子の神カストルとポルックス[8]、トロイのおしどり夫婦ヘクトールとアンドロマケ[9]、そういうのにも負けない固い絆で結ばれてんのさ、俺たちは。俺はケチな強盗だけど、ちょっとでも稼ぎがあれば、ジャッキーにそれなりの分け前を進呈する。これぞ変わらぬ友情の証。――おい、ナイフを口に入れるな――そしてその代わり、全能の警視総監であるジャッキーは、俺にサツの動きをこっそり教えてくれるってわけさ。こういうのを持ちつ持たれつって言うんだ。みんな、よく覚えとけ。（メッキース、ブラウンと腕を組んで、下手手前に行く）いやあ、マブだちジャッキー、来てくれてうれしいよ。これこそ真の友情ってもんだ。それ、正真正銘のペルシャ絨毯さ。

ブラウン　オリエント絨毯社のだろう。

マック　そうさ。あそこからはいろいろ失敬してるんだ。絨毯の一枚くらいで傾く会社じゃないだろう。あそこには何千枚もあるじゃないか。なあ、今日はおまえにぜひ来てほしかったんだ。おまえにとって微妙なのはわかってるけどさ。

ブラウン　わかってるだろう、メッキー。おまえのためならなんでもする。だけどそろそろ行かなくちゃ。女王陛下の戴冠式がもうすぐあるだろう。そのことで頭がいっぱいなんだ。なにかあったら一大事だからな……。

マック　あのなあ、ジャッキー、俺の義理の父親ってのが胸くそ悪いじじいでさ。あいつ、俺のことをたれ込むかもしれないんだ。スコットランド・ヤードにヤバい調書とかあるかな？

ブラウン　あるわけないだろう。

マック　それも、そうか。

ブラウン　俺の手で全部処分しておいたよ。じゃあな。

マック　おい、みんな、お見送りしないか。

ブラウン　（ポリーに）お幸せに！　（メッキースに伴われて立ち去る）

ジェイコブ　（そのあいだマサイアスとウォルターといっしょに、ポリーの話し相手になる）いやあ、たまげたね。タイガー・ブラウンが来たって聞いたときには、肝をつぶしたよ。

**マサイアス**　なにを言ってんだ。おかみさん、これでわかったでしょう。俺たちにはサッとのあいだに太いパイプがあるのさ。

**ウォルター**　そうさ。マックはいつでもすごいことを思いつくんだ。俺たちもびっくり。だけど、俺たちだって、考えてあんだ。みんな、九時半だぞ。

**マサイアス**　それじゃ、おっぱじめようか。（子分たち、下手の裏にさがる。そこに絨毯があり、後ろにな にか隠してある）

（マック登場）

**マック**　なんだ、なんだ？

**マサイアス**　キャプテン、ちょっとおまけがあるんだ。

## ナンバー5　結婚の歌

（伴奏つき）

（子分たち、絨毯の後ろで「結婚の歌」を気持ちを込めて、静かに歌う。「夫の名前も覚えちゃいない」という歌詞のところでマサイアスが絨毯を落とす。子分たち、大声をはりあげ、後ろに隠してあったベッドをバンバンたたきながら歌いつづける）

**マック**　ありがとよ、みんな、ありがとな。

**ウォルター**　それじゃ、俺たちはこのあたりでこそっと消えることにするよ。

（子分たち、退場）

（マックとポリー、歌う）

ナンバー8　恋の歌

マック
見えるかい　ソーホーにかかるお月さま

ポリー
見えるわ　ダーリン
あたしの心臓のドキドキ　聞こえる　ダーリン

マック
ああ　聞こえるとも　おまえ

ポリー
どこまでも　あなたについて行くわね

マック
俺だって気持ちは同じ　おまえとは　いつもいっしょさ

ふたりで
ちゃんと結婚届けをしてなくたって平気さ
祭壇に花束なんて　なくてもいい

ウェディングドレスが盗品だって　ちっともかまわない
ベールがなくたって　へっちゃら
据え膳くわぬは　とんだおバカさん
くよくよしないで　飛び込もう
恋はつづくか　はたまた　つづかぬか
いずこも同じさ　同じさいずこも

（小さな幕が下りる）
（間奏曲。オーケストラによるナンバー7の演奏）

## 第三場

タイトル「世間のせちがらさを知るピーチャムにとって、娘を失うことは破産するのと同じ意味を持っていた。」

ピーチャムの乞食衣装部屋。
（ポリー、下手の扉からあらわれる。コートを着て帽子をかぶり、第二場の旅行カバンを右手に持っている。上手にピーチャムとピーチャム夫人）

ピーチャム夫人　結婚・し・た？　やれドレスだ、やれ帽子だ、やれ手袋だ、やれ日傘だって、なんでも買ってやって、あんたにはね、帆船一隻分の金がかかってんだよ。それをなんだい。ドブに捨てたって言うの？　腐ったキュウリじゃないんだよ。本当に結婚しちまったの？

（ソングの照明。パネルには「ちょっとした歌でポリーは強盗マックとの結婚を両親にほのめかす」と書いてある）

ナンバー9　バルバラ・ソング

ポリー　（歌う）

昔のあたし　おねんねだった頃
マミーと同じ　あたしだったわ
もしいい人が　あらわれでもしたら
どうしようかと　ドキドキだったわ
彼　お金持ちで
彼　やさしくて
それに　いつでも　きれい好き
しかも　しっかり
女の子の扱い　知ってるわ

それでも　あたしの返事は　もちろん　だめよ
胸はって　つんとおすまし
ちゃんと　つっぱってみせるの
夜空に輝く　お月さま
岸辺のボートに乗ってても
だけど　おつきあいは　そこまで　悪いわね
や～だ　そんなにすぐ寝たりするもんですか
や～だ　冷たくあしらってやるわ
や～だ　どんなにじょうずに口説いたって
返事はいつも　決まっているわ　だめ

最初の彼は　ケントの男
理想の彼　ではあったわね
二人目は三隻も　船を持ってたわ
三人目の彼　とってもイカしてた
みんな　お金持ちで
みんな　やさしくて
それに　いつでも　きれい好き
しかも　しっかり

女の子の扱い　知ってるわ
それでも　あたしの返事は　もちろん　だめよ
胸はって　つんとおすまし
ちゃんと　つっぱってみせるの
夜空に輝く　お月さま
岸辺のボートに乗ってても
だけど　おつきあいは　そこまで　悪いわね
や〜だ　そんなにすぐ寝たりするもんですか
や〜だ　冷たくあしらってやるわ
や〜だ　どんなにじょうずに口説いたって
返事はいつも　決まっているわ　だめ

でもある日　晴れた日のこと
男がひとり　ずかずかやってきた
かってに帽子を　あたしの部屋にかけたの
あたしはもう　彼に首ったけ
彼　お金がないし
彼　やさしくないし
それに　日曜でも　薄汚い

しかも　あきれるくらいに
女の子の扱いがへたくそ
なのに　あたしは彼に　いやとは　言えなかった
目を伏せて　しおらしく
知らんぷりなんて　できっこない
夜空に輝く　お月さま
岸辺のボート　こぎだして
その先は　言わなくたって　わかるでしょ
や〜だ　よろこんですぐ寝てしまうわ
や〜だ　冷たくあしらうのはとってもむり
や〜だ　あたし　どうなってもいいわ
や〜だ　いやなんて　言える　わけが　ない

ピーチャム　そうかい、おまえ、お尋ね者の女になりさがったのか。けっこう　けだらけ　ねこ　はいだらけだ。

ピーチャム夫人　おまえ、結婚するなんて恥ずかしくないの？　相手は馬泥棒の追いはぎ。ろくな目に遭わないよ。こんなことになるとはねえ。たしかに子どもの頃からイギリスの女王陛下みたいに気取ってたけどさ。

ピーチャム　しっかし、本当に結婚しちまうとはな。

ピーチャム夫人　それも昨日の夕方五時に式を挙げたんだってさ。
ピーチャム　相手は札付き。まったくけしからん。俺の娘、老後の保障にしようと思ってた娘をだな……。
ポリー　老後の保障……。
ピーチャム　そうよ、それをただでくれてやるなんて。うちはもうおしまいだ。こんなじゃ、飼い犬まで愛想をつかしちまう。
ポリー　（口をとがらして）飼い犬……。
ピーチャム　まさか、文無しになって飢え死にするとはなあ……。
ポリー　飢え死に……。
ピーチャム　そうだぞ。俺たち三人、力を合わせれば、年を越せるかもしれん。たぶんな。
ピーチャム夫人　そうだよ。一生懸命やってきたのに、こんな目に遭うなんてねえ、ジョナサン。頭きちゃうわ。ああ、だめ、クラクラしてきた。もう立っていられないわ。（気絶しながら）気付け薬のブランデーを、ちょうだい。
ピーチャム　見ろ、おまえのせいだ。早くブランデーを持ってこい。まったく、お尋ね者の女かい。けっこう　けだらけ　ねこ　はいだらけ。（ポリー、ブランデーの瓶を持って戻ってくる）かわいそうに、母さんの慰めはもうこれしかない。
ポリー　二杯飲ませて。気付け薬には、かけつけ二杯がいいのよ。すぐに気づくわ。（ポリー、この場面のあいだじゅう、とても幸せそうにしている）
ピーチャム夫人　（気がつく）なんだい、あたしを心配するふりなんてたくさんだよ。

（乞食、登場）

乞食　俺、頭きてんだからな。ひどい会社だぜ、ここは。だいたいこの義足、なんだよ。こんなガラクタに金を払わせやがって。

ピーチャム　どうした。立派な義足じゃないか。

乞食　そうかい。それならどうして他の連中みたいに稼げないんだ？　なんだ、こんなもん。（義足を投げ捨てる）自分の足を切った方がましだ。

ピーチャム　おまえら、ほんとに救いようがないな。この世が人でなしばっかになったのが、俺のせいだって言うのか。たいがいにしろよ！　五分もあれば、だれだって、みじめな奴にしたててみせる。犬ころでもあわれんでくれるような、な。だけど、だれも泣かなくなったからって、それが俺の責任か？　義足がひとつじゃ足りないって言うんなら、もう一本持ってけ。

乞食　さすが、ピーチャムさん。これならなんとかなりそうだ。無理言って悪かったね。（退場）

ピーチャム　さて、とにかく、話は簡単だ。おまえは結婚した。結婚のあとはなにをする？　考えるまでもない。結婚を解消すれば、いいんだよ！　わかるな？

ポリー　わからないわ。

ピーチャム夫人　離婚するのよ。

ポリー　待ってよ。あたし、マックが好きなのよ。バツ一になれだなんて、ご冗談でしょ。

ピーチャム夫人　おまえ、よくそんなことがずけずけ言えるね。

ポリー　マミーは、恋をしたことがないから……。

ピーチャム夫人　恋だって？　おまえ、くだらない三文小説の読み過ぎ。ポリー、離婚なんて、みんな、してることじゃない。

ポリー　アウトオブ眼中。

ピーチャム夫人　お尻をひっぱたいてやろうかね、この子は。

ポリー　母親って、みんな同じね。もう耳タコ。どんなにお尻、叩かれたって、最後には、愛が勝つ！

ピーチャム夫人　ポリー、あんた、だいじょうぶ？

ポリー　あたしの愛はだれにも奪えないわ。

ピーチャム夫人　もうひと言いったら、ビンタが飛ぶよ。

ポリー　だって、愛はこの世で最高のものじゃない。

ピーチャム夫人　言っとくけど、あの男、女が何人もいるんだってさ。あいつがしばり首になったら、未亡人を名乗る女がぞろぞろ出てくるに決まってるんだ。しかも赤ん坊を抱いてるかもしれない。なんとか言ってよ、ジョナサン。

ピーチャム　しばり首ねえ。よくそんなこと思いついたな。上出来だ。ポリー、ちょっと席をはずしてくれないか。（ポリー、退場）これはいけるぞ。四十ポンドの報奨金にもありつけるしな。

ピーチャム夫人　なるほどね。サツにたれ込むのね。

ピーチャム　そのとおりだ。おまけにあいつはしばり首……一石二鳥とはこのことだ。ただあいつがどこにしけ込んでるかつきとめないとな。

ピーチャム夫人　それなら、わかってるわ。あいつは、売春宿にいるに決まってるもの。

ピーチャム　だけど、女どもがこっちにつくかね。

ピーチャム夫人　まかせておくれよ。地獄の沙汰も金次第って言うだろ。さっそくターンブリッジに行って、女の子たちに鼻薬をきかせてくるよ。二時間後にはOKさ。女の子に会いにきたら、あいつは手が後ろにまわるさ。

ポリー　ママ、そんなことをしてもむだよ。っていうか、彼、自分からオールド・ベイリーの監獄に出かけていくもの。そしてね、警察の大物とカクテル飲んで、タバコをいっしょにプカプカやって、この通りであやしげなビジネスがおこなわれているって話をするかもね。じつはね、パパ、あたしの結婚式に警察の大物が来てくれたの。とってもいい人だったわ。

ピーチャム　そいつの名前は？

ポリー　ブラウンよ。タイガー・ブラウンて言えばわかるでしょ。あの人を怖がってる人はみんな、そう呼んでるものね。だけどね、あたしのダーリンはあの人をジャッキーって呼ぶのよ。仲良しのジャッキーなんですって。ふたりは若い頃から親友なの。

ピーチャム　なるほど、親友か。警視総監とならず者。ロンドン広しと言えども、そんな組み合わせはちょっとないな。

ポリー　(詩を詠むように) ふたりはよくカクテルを酌み交わし、顔を寄せ合って言うの。「おまえが飲むなら、俺も一杯つきあうぜ」どっちかが立ち去ろうとすると、もうひとりが涙ぐんで言うの。「おまえの行くところなら、どこへでもついて行くぜ」スコットランド・ヤードには、マックの不利になる調書はひとつもないんですって。

ピーチャム　そうなのかい。それなら、火曜日の夕方から木曜日の朝にかけて、メッキースと名乗る紳士が、結婚を餌に俺の娘ポリー・ピーチャムを誘拐したってのはどうだい。今週中にしばり首になるさ。ざまあ見ろだ。

ピーチャム夫人　だけど、ジョナサン、そんなにうまくいくかしら。相手はメッキー・メッサーよ。ロンドン一の悪党だって言うじゃない。

ピーチャム　メッキー・メッサーのメッキをはがしてやる！　ほら、出かける支度をしろ。俺はポリーと警視総監を訪ねる。おまえはターンブリッジに行け。

ピーチャム夫人　あいつの手に入らないものはないんだよ。

ピーチャム　まったく世も末だ。足を棒にして走りまわってないと、身ぐるみはがされちまうご時世だからな。

ポリー　すてき、パパ、あたし、ブラウンさんともう一度握手できるのね。

（三人、前に出て、ソング用の照明を浴びながら第一のフィナーレを歌う）

（パネルには「第一の三文フィナーレ　世間はかくもせちがらい」と書いてある）

ナンバー10　第一の三文フィナーレ　世間はかくもせちがらい

（ポリー、ピーチャム、ピーチャム夫人）

ポリー

あたしの望み　高すぎかしら

つまんない人生　一度くらい

だれかに夢中になりたいじゃないの

高望みかしら？　高望みかしら？

ピーチャム　（両手に聖書を持ちながら）
人間　せっかく生まれてきたからには
幸せになりたいさ　人生短いからな
この世で快楽を求めるのも　もちろん　けっこう
食うなら　パンがいい　石は　ごめんだ
これが　人間の赤裸々な権利といえる
ところが　そんなにうまくはいかねえんだ
うまくいったためしなんて　ありゃしない
だれだって　幸せになりたいのは　山々さ
だけど　そうは　問屋がおろさない

ピーチャム夫人
あたしだって　やさしくしたいさ
あんたのためなら　なんでもしたい
あんたが幸せになれるならば
お好きなようにってなもんよ

ピーチャム
もちろん善人には　なりたいものさ　なれるもんならな
人に施しだって？　そりゃ　いいじゃあないか
善人ばかりになれば　天国ももうすぐそこだ

だれだって　神のお恵みほしいのは　山々だもんな
善人になりたい？　そりゃ　だれだってなりたいさ
ところが　この星　残念　そうはできてねえのよ
物は足りない　人の心はすさむ
だれだって　穏やかに暮らしたいのは　山々さ
だけど　そうは　問屋がおろさない

ポリーとピーチャム夫人　（おどけて足踏みしながら）
あいにく　そのとおり
この世は貧しく　悪党ばかり

ピーチャム
そうさ　あいにく　俺の言うとおり
この世は貧しく　悪党ばかり
この世に天国　望むやつ　どこにいる
世間が　それを許してくれるかな？
だめさ　世間が許しはしねえのよ
愛する兄弟　見てみろよ
食いものが　足りなけりゃ
おまえを足蹴にするだろぜ
そうさ　今どき　だれが　感謝をするもんか

おまえの愛妻　見てみろよ
おまえの愛が足りなけりゃ
おまえを足蹴にするだろぜ
愛するわが子　見てみろよ
夕食のパンが足りなけりゃ
おまえを足蹴にするだろぜ
そうさ　今どき　だれが　感謝をするもんか

ポリーとピーチャム夫人

まったく　ひどいもんよ
まったく　腐ったもんよ
この世は貧しく　悪党ばかり
あいにく　そのとおり

ピーチャム

そうさ　あいにく　俺の言うとおり
この世は貧しく　悪党ばかり
心を入れかえ　善人になりたいもんだ
だけど　そうは　問屋がおろさない

三人で

そうさ　やるだけむだ

人生　ろくなもんじゃないわ！

ピーチャム

この世は貧しく　悪党ばかり

あいにく　そのとおり

三人で

まったく　ひどいもんよ

まったく　腐ったもんよ

だから　やるだけむだだ

だから人生　ろくなもんじゃない（わ）！

（小さな幕が下りる）

# 第二幕

## 第四場

タイトル「木曜日の午後。メッキー・メッサーは妻に別れを告げ、義理の父から逃げるためハイゲート湿地に向かう。」

第二場と同じ馬小屋。

ポリー　（入ってくる）マック、マック！　大変よ！
マック　（ベッドに横になっている）どうした、ポリー、血相変えて。
ポリー　ブラウンさんに会ってたの。パパもいっしょ。ふたりで、あなたを捕まえることに決めたわ。パパがね、ブラウンさんをおどしたの。ブラウンさんはあなたの肩を持ったけど、パパに押し切られちゃって。すぐに逃げろって言ってたわ。マック、すぐ旅支度しなくちゃ。
マック　なんだよ、旅支度だって？　来いよ、ポリー、その前にちょっといいことしようぜ。
ポリー　ダメよ、ダーリン。そんなことをしている場合じゃないわ。ホントに大変なんだから。しばり首にするなんて怖いこと言っていたのよ。
マック　そんなにあわてるなって、ポリー。スコットランド・ヤードは俺に手も足も出ないんだからさ。
ポリー　それは昨日までの話。今日になっていきなり山ほど嫌疑がかかったのよ。ほら、告発状を持ってきたわ。とっても読み切れない。罪状のリストだけでも切りがないわ。商人殺人事件が二件、強盗事件が三十件以上、追いはぎ事件が二十三件、それから放火、殺人、偽造、偽証。全部、この一年半の事件よ。ちょっとやりすぎ。それにウィンチェスターで、未成年の修道女をふたり、たぶらかしたなんて、ひどいじゃない。

マック　あいつら、もう二十歳を過ぎてるって言ったんだ。それで、ジャッキーはなんて言ってた？（メッキース、ゆっくり起きあがり、口笛を吹きながら舞台正面に沿って上手へ行く）
ポリー　あたしのこと、廊下でつかまえて言ったわ。どうにもならないんですって。どうしよう、ダーリン。（彼の首にとびつく）
マック　わかったよ。それじゃ、俺がいないあいだ、仕事を仕切ってくれ。
ポリー　仕事の話なんてよして、ダーリン。そんな話、聞きたくないわ。それよりもう一度、かわいそうなポリーにキスをしてちょうだい。それからお願い。あたしのこと絶対……。（マック、ポリーの言葉をさえぎって、テーブルのところに連れていき、むりやり椅子にすわらせる）
マック　これが帳簿だ。よく聞け。これが子分の名簿。（読みあげる）この欄は鉤指のジェイコブだ。仲間になって一年半。どれだけ稼いだか見てみよう。一、二、三、四、五。金時計が五つ。たいした数じゃないけど、手際はよかった。おい、膝に乗るなよ。そういう気分じゃないんだからさ。この欄は柳のウォルター。あいつは頼りにならない。盗んだ物をかってに横流ししやがった。三週間だけ猶予をやれ。それでも心を入れ替えなかったら、絞首台送りにしろ。ジャッキーに言えば、始末してくれる。
ポリー　（すすり泣きながら）わかったわ、ブラウンさんに言うのね。
マック　ジミー二世、ハレンチな野郎だ。稼ぎはいいんだが、どうもやることがスケベでいけない。貴婦人が寝ているベッドからシーツをかっぱらってくるような奴だからな。あいつには貸しをつくっとこう。
ポリー　わかったわ。貸しをつくっとくのね。

マック　鋸のロバート、あいつには才能ってものがない。盗んでくるのはガラクタばかり。しばり首になることはないが、財産を一切残さないだろうな。
ポリー　わかったわ。財産を一切残さないのね。
マック　ところで、おまえはいつもどおりにしろ。朝七時に起きて、顔を洗って、風呂は一日一回……なんでメモしないんだ？
ポリー　ダーリン、無理よ。あなたの口に見とれちゃって、なにを言ってるかまるで頭に入んないの。ダーリン、信じてるわ。
マック　あたりまえだ。おまえを裏切るわけないだろ。愛には愛をもって報いるもんだ。俺がおまえを愛してないって思うのか？　俺はおまえより目端が利くだけだよ。
ポリー　ありがとう、ダーリン。あたしのこと、心配してくれるのね。連中が血に飢えた犬みたいにあなたを探しまわっているって言うのに。（「血に飢えた犬」という言葉を聞くと、マックは立ちあがって上手へ行き、上着を脱ぎ捨てて手を洗う）
マック　（早口で）俺の指示があるまで、言ったとおりにしてくれ。二週間くらいで、盗んだ物を金にする。そしたらジャッキーのところに行って、この帳簿を渡すんだ。四週間もすればクズどもは監獄行きさ。
ポリー　だけど、ダーリン！　みんなを見捨てて、しばり首同然の目に遭わせたら顔向けできないじゃない。そんなことをして、別れの握手ができるの？
マック　握手？　鋸のロバートや、コインのマサイアスや、鉤指のジェイコブとか？
（子分たち、登場）

マック　みんな、よく来てくれた。
ポリー　おはよう。
マサイアス　キャプテン、戴冠式の式次第が手に入ったぜ。これでがっぽがっぽ稼げる。あと三十分もすると、カンタベリーの大主教が到着する。
マック　何時だ？
マサイアス　五時半さ。そろそろ出かけなくちゃ。
マック　そうだな、おまえたち、出かけてくれ。
ロバート　おまえたちって、どういうこと？
マック　じつはな、俺はちょっと旅に出ることになったんだ。
ロバート　なんだって？　キャプテン、サツに目をつけられたの？
マサイアス　ついてねえな。もうすぐ戴冠式だっつうのに。あんたのいない戴冠式なんて、スプーンのない粥だ。
マック　つべこべ言うな！　あとの采配はしばらくポリーに任せることにした。ポリー！　（ポリーを前に出すと、後ろに下がり、そこからポリーを見つめる）
ポリー　それじゃ、野郎ども、キャプテンには心穏やかに旅立ってもらうぜ。仕事は俺たちで片付ける。文句あっか、野郎ども。
マサイアス　いや、文句はないけど。こんな大事なときに女が仕切るってのはなあ。いや、あんたがいやだってわけじゃないんだよ、姐さん。
マック　（後ろから）一発かますんだ、ポリー。

ポリー　このブタ野郎、よくもぬけぬけと言ってくれたね。（叫ぶ）もちろん、いやだなんて言えるわけないさ。さもなかったら、ここにいるみんなが、おまえのズボンを脱がして、お尻ぺんぺんしてる。そうだろう、みんな？

（しばし沈黙。それからみんな、夢中で拍手する）

ジェイコブ　ぐっときたな。そう思わないか？

ウォルター　ブラボー、姐さんの啖呵、カッチョいい。ポリー、万歳！

全員　ポリー、万歳！

マック　戴冠式に出られないのはほんとにしゃくだ。百パーセント間違いのない仕事なのにな。日中は、どこの家もかっらぽだろうし、夜は夜で上流階級の連中、みんな酔っぱらってるはずだ。

ロバート　姐さん、キャプテンのいないあいだは、指図をよろしく。それから毎週木曜日の清算もよろしく。

ポリー　毎週木曜日だろ。ちゃんと清算してやるよ、野郎ども。

（子分たち、退場）

マック　それじゃ、お別れだ。元気でな。毎日、化粧するのを忘れちゃだめだぞ。俺がいるときと同じにするんだ。いいな、ポリー。

ポリー　ダーリン、他の女に色目使わないでね。約束よ。そしてこのまま旅に出てね。焼き餅焼いてるわけじゃないのよ。大事なことなんだから。

マック　ポリー、他の女に見向きするもんか。俺が愛しているのはおまえだけだよ。日が暮れたら、どこかの馬小屋で黒馬をちょうだいして高飛びする。おまえの部屋の窓から月が見えるころにはハイゲート湿地を抜けてるさ。

ナンバー11a　メロドラマ

ポリー　ああ、マック、あたし、心臓がはりさけそう。そばにいてちょうだい。あたしを幸せにして。

マック　俺だって、心臓、はりさけそうさ。旅に出なきゃならないんだからな。いつまた会えることやら。

ポリー　あっという間だったわね、マック。

マック　俺たちの仲、おしまいってわけかい？

ポリー　ちがうわ。あたし、昨日、夢を見たの。窓から外を見てたらね、路地でげらげら笑い声がするじゃない。それで身を乗りだして見たら、あたしたちのお月さまがあったの。お月さまったら、すり減った一ペニー銀貨みたいに薄っぺらだったわ。ねえ、知らない街に行っても、あたしを忘れないでね。

マック　忘れるもんか、ポリー。キスしてくれ、ポリー。

ポリー　さよなら、マック。
マック　あばよ、ポリー。（退場。舞台裏で歌う）
恋はつづくか　はたまた　つづかぬか
いずこも同じ　同じさ　いずこも
ポリー　（ひとりで）
あの人、やっぱり帰ってこないわ。
（鐘が鳴りだす）
女王さまがロンドンに入ったのね。
戴冠式の日に、あたしたちはどこでなにをしているのかしら。
（間奏曲。オーケストラによるナンバー8）
（小さな幕がしまる）

## 第五場

タイトル　「戴冠式の鐘がまだ鳴りやんでいない。メッキー・メッサーはターンブリッジの売春宿にしけこむ。売春婦たちはマックを裏切る。木曜日の夕方のことだった。」

ターンブリッジの売春宿。いつもと変わらぬ午後——売春婦たち。多くは下着姿で、アイロンをかけたり、ボードゲームで遊んだり、体を拭いている。牧歌的な風景。鉤指のジェイコブは、ひとりのんびり新聞を読んでいる。売春婦たちの邪魔になっている。

（鐘の音は嬰へ音と卜音）

ジェイコブ　（間を取る）今日は来ないよ。
売春婦　そうなの？
ジェイコブ　もうこれっきりだと思うけどなあ。
売春婦　そんなあ、ひっど〜い。
ジェイコブ　そうかい。キャプテンのことだから、とっくに街からトンズラしてるさ。

（メッキース、登場。帽子をフックにかけ、テーブルの後ろのソファにすわる）

マック　おい、コーヒー！
ジェイコブ　（唖然として）どうしてハイゲート湿地に行かなかったんだ？
マック　今日はほら、木曜日じゃないか。ささいなことで恒例のお遊びをやめるなんてごめんだからな。

（告発状を床に投げ捨てる）おまけに雨が降ってきちまった。

ジェイコブ　そうかい？
マック　どしゃぶりさ。

ジェニー　（長い間をあけて、告発状を読む）国王の名においてキャプテンことメッキースを告発する。この者は三重の……。
ジェイコブ　（ジェニーから告発状を取りあげる）自分の名前もある？
マック　もちよ、全員、名前が上がってら。
ジェニー　（他の売春婦に向かって）ねえ、告発状だって。（間をあける）マック、ちょっと手相を見てあげるよ。（メッキース、手を差しだしながら、もう一方の手でコーヒーを飲む）
ドリー　そうよ、ジェニー、そうしておあげよ。あんた、うまいもんね。（石油ランプをかざす）
マック　遺産でもたんまり転がり込むかな？
ジェニー　いいえ、遺産は入らないわね。
ベティ　ジェニー、なにマジになってるのよ。びびっちゃうじゃない。
マック　もうすぐ遠い旅に出るとか、もう出てるとか？
ジェニー　いいえ、旅には出ないわね。
ヴィクサー　手相にはなんて出てるの？
マック　頼むから吉と言ってくれ。縁起が悪いのはごめんだ。
ジェニー　あんたらしくないね。見えるのは暗闇ばかり。ほとんど光明がささないよ。あら、大きな「ほ」の字。やだ、あんた、女に「放される」んだってさ。それから……。
マック　暗闇で「放される」って、どういうことだよ。もっとちゃんと教えろよ。俺を「放す」って女の名前は？
ジェニー　「ほ」の「ジ」って言ったじゃない。「ジ」ではじまるってことしか見えないね。

マック　そりゃ変だな。名前はPではじまるはずだぜ。
ジェニー　マック、あんた、ウェストミンスター寺院の鐘が鳴りはじめたら、運の尽きよ。
マック　もっとちゃんと教えてくれ。
ジェイコブ　（げらげら笑う）
マック　なんだ、どうした。（ジェイコブに駆けより、告発状を読む）なんだこれ、間違ってるぞ。あのときは三人だけだった。
ジェイコブ　（笑う）そうなんだよな。
マック　おっ、なかなかイカす下着じゃないか。
売春婦　ゆりかごから墓場まで。なにより大事なのは下着よ。
年増の売春婦　あたしね、シルクを使わないんだ。シルクの下着を着てると、殿方に病気持ちだと思われるからね。
ベティ　まあ、そういうもんだから、しょうがないさ。
第二の売春婦　（ジェニーに）あら、どこへ行くの、ジェニー？
ジェニー　そのうちわかるわよ。（出ていく）
モリー　だけどさあ、ゴワゴワのリネンも人気ないんだよね。
年増の売春婦　あたしは、リネンでもけっこういい客がつくけどね。
ヴィクサー　アットホームな感じがいいんじゃないの。
マック　（ベティに）おまえ、あいかわらず下着に黒い縁飾りつけてんのか？
ベティ　もちろんさ。

マック　それじゃ、おまえはどんな下着かな～？

第二の売春婦　やだ、エッチ。あたしね、部屋にお客を連れて行けないのよ。うちのおばってのが男狂いなもんだから。それで玄関口ですますわけ。だから下着はつけない主義なのよ。

ジェイコブ　（笑う）

マック　読み終わったか？

ジェイコブ　いや、今、レイプ事件のところさ。

マック　（ふたたびソファにすわる）それにしても、ジェニーはどこに行ったんだ？　俺がこの街でのしあがる前のことだが、じつはおまえたちのひとりとしみったれた暮らしをしていたんだ。今じゃ、俺もメッキー・メッサーと呼ばれ、羽振りがいいけど、それでもあの頃からつきあってくれたおまえたちのことは忘れない。とくにジェニーのことはな。あいつは俺のお気に入りだった。いいかい、ひとつ歌うから、耳をかっぽじって聞いてろよ！

（メッキースが歌っていると、上手の窓の前にジェニーが立ち、警官に合図する。するとそこにピーチャム夫人もやってくる。三人は街灯の下に立って下手を見る）

ナンバー12　ジゴロのバラード⑩

マック

昔も昔　その昔

俺たちいっしょに暮らしたな　あいつと俺

もう記憶もさだかでない　昔のことさ
俺はおまえを愛し　おまえは俺を食わせてくれた
いろいろあったけど　悪い暮らしじゃなかった
お客がくれば　俺はベッドから這いだして
酒をちびちびやるんだ　おとなしく
金払いのいい客には　愛想のひとつも言うさ
いやあ　またのおいでを　お待ちしてますってな調子で
なんてすてきな半年　いっしょの暮らし
売春宿　そこが　俺たちの　マイホーム

（ジェニー、戸口にあらわれる。背後に警官のスミス）

ジェニー
昔も昔　その昔
あんたはあたしのこれで　あたしもピチピチだった
金が底をつくと　あんたはよく言ったわね
やい　おまえ　指輪を売り飛ばせ
指輪なら　なくても　へいちゃらだけど
甘えるのも　ほどほどにしなって言うの

ざけんじゃねえ　って　あたしが言うと
あんた　めちゃくちゃ　なぐったもんさ
あたし　何度　寝込んだと思っているんだい

**ふたりで**
なんてすてきな半年　いっしょの暮らし
売春宿　そこが　うちらの　マイホーム

（ダンス。マック、ナイフを仕込んだステッキを取る。ジェニー、メッキースに帽子を渡す。マックはまだ踊っている。そのときスミスがマックの肩に手を置く）

**スミス**　よし、それじゃ行くぞ！

**マック**　このボロ屋、出口はあいかわらずひとつっきゃないのか？

（スミス、メッキースに手錠をかけようとする。マック、スミスの胸を小突く。スミスが後ろによろめくと、マックは窓から飛びだす。窓の外には、ピーチャム夫人と警官たちが立っている）

**マック**　（落ち着きはらって、ばかていねいに）これはこれは、ご主人のご機嫌はいかがですかな？

**ピーチャム夫人**　あ〜ら、これはメッキースさん。うちの主人が申しておりましたわ。世界の歴史を変えた偉人でも、ささいなことでつまずくことがあるってね。あなた、ここの素敵なレディたちとちゃんとお別れしなくちゃ。お巡りさん、この御仁を新しいマイホームにお連れして。（警官、メッキースを連行する。ピーチャム夫人、窓に向かって）みなさん、彼に会いたくなったら、訪ねてやってくださいな。新居はオールド・ベイリーの監獄。あいつがここにやってくるって、ちゃんとわかっていたの

よ。あいつの遊び賃はあたしにつけといて。では、ごきげんよ〜、みなさん。（退場）

ジェニー　ねえ、ジェイコブ、大変なことになったわ。

ジェイコブ　（告発状を読んでいて、なにひとつ気づいていない）あれっ、マックは？

ジェニー　お巡りが来たんだよ。

ジェイコブ　あっちゃ〜。そうとも知らず、告発状に読みふけってた。どうしよう。ゲキヤバだ！

（退場）

（間奏曲。オーケストラによるナンバー12）

（小さな幕がしまる）

## 第六場

タイトル　「売春婦に裏切られたマック、別の女の愛で脱獄する。」

オールド・ベイリーの監獄、独房の中。

ブラウン、登場。

ブラウン　あいつ、捕まらなきゃいいんだけどな。弱ったなあ、困ったなあ。無事にハイゲート湿地を抜けてればいいんだけど。このジャッキーに、恩に着るよなんて言ってさ。だけど、あいつ、おっちょこちょいだからな。大物ってのは得てしてそうなんだよね。あいつがここに連行されてきたら、俺、どういう顔したらいいのよ。幸い、月が昇った。これなら馬を飛ばしても、道に迷ったりしないだろう。（奥で物音）ありゃ、どうしたんだ？　勘弁してくれ、連れてこられちまったよ。

マック　（太いロープでがんじがらめ。六人の警官に連行されてくる。大きな顔をして入ってくる）いや、ご苦労、ご苦労、おかげで古巣に戻ってこれた。

（マック、独房の隅に引っこもうとするブラウンに気づく）

ブラウン　（しばらく黙っている。そのあいだ、マックのするどい眼光にさらされる）や、やあ、マック。俺が悪いんじゃないんだ。手は尽くしたんだ。そんな目で見るなよ、マック。たまんないな……なんか言ってくれよ……。（警官を怒鳴りつける）おい、そんなにロープを引っぱるな。……なあ、ひと言でいいんだ、マック、なんか言ってくれよ、このあわれなジャッキーにさ。こんなヤバいときだからこそ、なにか言ってくれないか……。（壁に頭をつけて泣く）そうかい、もう俺なんか知らないって言うんだな。（退場）

マック　哀れな奴。相当落ち込んでるな。あれが警視総監さまとはねえ。怒鳴りつけなくてよかったよ。本当はそうしてやろうと思ってたんだがな。急に気が変わった。責めるような目つきをした方が効き目があるってもんだ。てきめんだったね。イエスの真似してにらんだら、あいつ、ペテロみたいにめそめそ泣きだしやがった[11]。これも聖書を読んでいたおかげだ、なんまいだ、なんまいだ。ありゃ、ちがったか？

（スミス、登場。手錠を持っている）

マック　おい、それって一番重い手錠じゃないか。もうちょっと軽いのにしてくんない？

スミス　ここの手錠はピンキリさ。一ギニー金貨から十ギニー金貨まで。いくら出す？
マック　手錠なしは？
スミス　五十ギニーだ。
マック　（五十ギニー渡す）ルーシーとの仲がばれるのだけはまずいな。ジャッキーとの友情にかこつけて、あいつの娘とラブラブしちゃったからな。こんなこと耳にしたら、あいつ、それこそ虎みたいにあばれて手がつけられなくなるぞ。
スミス　身から出たサビだな。
マック　あいつ、もう外で手ぐすね引いてんだろうな。処刑されるまで大騒ぎになりそうだ。
（ソングの照明。パネルには「おいしい人生のバラード」と書いてある）
みんな、どうだい、これが人生って言えるかい？
俺の趣味じゃねえな。
ガキの頃からこいつを聞くと胸がときめいたもんよ。
豊かな暮らし、それがおいしい人生！

ナンバー13　おいしい人生のバラード(12)

賢者の暮らし　立派なもんだと言うけど　ほんとかね
本に囲まれ暮らしても　食うものなんにもないときた
住まいは四阿《あずまや》　ネズミ　トコトコ駆けまわる

だけど俺は　そんなのまっぴらごめんこうむるぜ
貧乏暮らしがしたけりゃ　とめないが
俺は　そんなの趣味じゃねえ
こっちは西　東はバビロン
どこの鳥でも　そんなじゃ　干上がっちまう

自由がどうした　ちっとも楽じゃねえ
豊かな暮らし　それが　おいしい人生さ！

大胆不敵な冒険家は　かっこいいかい　ほんとかね
どんな危険も　なんのその　弱音をはかない　その根性
怖いものなしだ　なんでもずけずけ言える奴
やる気のない奴らに　活をいれようって言うのかい
だけど見てみろよ　夜中にみじめに震えるのはあいつの方さ
愛想尽かした女房に　冷たくあしらわれ
あわれ　喝采もなければ　理解もされず
慰めもなく　眺める時は　五千年

さあ　みんな　どう思う　そんな暮らしのどこがいい

豊かな暮らし　それが　おいしい人生さ！
もちろん俺だって　気持ちはよくわかるよ　ほんとだぜ
賢者にだって　冒険家にだって　なってみたくはあるさ
だけど　あいつらを　近くで見れば
しみじみ思うよ　あんな連中　ろくでもねえ
いくら賢者でも　貧乏はたまらない
どんなに評判よくても　ヤバいことはしたくない
貧しい　孤独　賢い　大胆
偉くなるのは　こんりんざい　ごめんだぜ

だから　幸せになりたきゃ　合い言葉はこれさ
豊かな暮らし　それが　おいしい人生さ！

（ルーシー、登場）

ルーシー　このおたんこなす。面汚し。あたしってものがありながら、なによ。
マック　ルーシー、頼むよ。彼氏がヤバいことになってるのに。
ルーシー　あたしの、か・れ・し？　なに言ってんだい、このタコ。ピーチャムのあまのこと、知らないと思ってんの？　キ〜ッ、もう、あんたの目ん玉かきむしってやる！

マック　ちょい、待ってくれ、ルーシー。バカなまねするな！　おまえ、まさかポリーに焼いてんのか？
ルーシー　あの女と結婚しやがって、このケダモノ！
マック　結婚！　こいつはお笑いだ。たしかにあいつの家に行って、おしゃべりしたよ……ちょこっとキスのまねごともしたさ。だけど、それでもうゴールインかい。あいつ、そんなこと言いふらしてんの？　頼むよ、ルーシー、なんでもするからさ。機嫌、直して。ダメ？　やっぱ結婚しないとダメ？しゃあない。男子たるもの、覚悟を決めた。もうつべこべ言わない。
ルーシー　や〜だ、マックったら、ムキになって。あたし的には、ちゃんと奥さんになりたいだけよ。
マック　わかった、やっぱ結婚しないとダメなら、しゃあない。男子たるもの、覚悟を決めた。もうつべこべ言わない。

（ポリー、登場）

ポリー　ダーリン、どこなの？　マック、そこにいたのね。やだ、どうしてそっぽを向くの？　恥ずかしがることないのよ。あたし、あなたの妻だもの。
ルーシー　あんた、やっぱ、ケダモノだ。
ポリー　ダーリン、なんで牢屋にいるの？　どうして高飛びしなかったの？　女のところには遊びに行かないって言ったじゃない。あいつらがなにを企んでるか知ってたのよ。あなたを信じてたのに。マック、死ぬまでそばについてるわ。……なにも言ってくれないのね。こっちを見て。そんなあなた、見ていられないわ。
ルーシー　ダサッ。
ポリー　どういうこと、マック。この女、だれ？　あたしがだれか、この女に言ってやって。あたしがあなたの妻だって、はっきり言ってやってよ。それとも、ちがうの？　こっちを見て。あたし、あなたの妻じゃないの？

ルーシー　やっぱ、ろくでもないね、あんた。二股かけたわけだ、ケダモノ。

ポリー　ねえ、マック、あたしはあなたの妻じゃないの？　子分をあたしに預けたじゃない。ちゃんと言われたとおりにしてるわ。ジェイコブのこともチクれって言うから、ちゃんと……。

マック　ああ、もう、ピーチク、パーチク、うるさい。ちゃんと説明するから、すこし黙ってろ。

ルーシー　これが黙ってられる？　ざけんじゃないわよ。こっちは生身の人間なんだからね、腹の虫がおさまらないわよ。

ポリー　あたしは言うとおりにするわ、ダーリン、妻たるもの……。

ルーシー　けっ、なにが妻だい！

ポリー　もちろん、妻よ。妻の方が立場は上なんだから。悪いけど、表向きはそういうものなのよ。まったく人聞きが悪くて、やだわ。

ルーシー　人聞きが悪い。こんな女、どこでゲットしてきたの？　とんだぶりっ子じゃない。ずいぶんなもんを拾ってきたもんだね。こんなのが、あんた、ソーホー一マブいってえの？

ナンバー14　嫉妬のデュエット

（ルーシーとポリー）

ルーシー

ポリー　かかってらっしゃい　ソーホー小町
イカすおみ脚　見せてごらんよ
あたしにも　目の保養をさせておくれ
あんたにまさるマブい子いないって　ゆ〜じゃないの！
できるもんなら　あたしのマック　悩殺してみせな
ルーシー　いいわよ　いいわよ
ポリー　なにさ　ちゃんちゃら　おかしい　お笑いよ
ルーシー　あらそう　あらそう
ポリー　ふん　鼻で笑ってやるよ
ルーシー　あらまあ　鼻で笑うんだ
ポリー　マックが　あんたに　手を出すとはね
マックは　あたしに　手を出したわよ

ルーシー　はっはっはっ！　ウケるね　ばかウケ
こんな女といちゃいちゃするなんて
ポリー　だまって聞いてりゃ
ルーシー　だまって聞いてな
ルーシーとポリー　マック　と　あたし　仲よし　おしどり夫婦
彼のハート　あたしだけのものよ
そうよ　ちょっかいやめてよね
ふたりの愛に　終わりはないの
あんたなんか　出る幕なしよ
ざけんじゃないよ！

（ピーチャム夫人、登場。いきなり戸口にあらわれる）

ピーチャム夫人　やっぱり、ここだと思ったよ。こっちにおいで。おまえのいい人がしばり首になったら、いっしょに首を吊るがいい。母親に監獄まで迎えにこさせるなんて、どういう了見？　あら、ごらんよ、おまえのいい人、女をふたりも抱え込んで、暴君ネロのまねごとかしら。

ポリー　関係ないでしょ、ママ。お願い、ママにはわからないのよ……。
ピーチャム夫人　帰るんだよ。早くおいで。
ルーシー　ほら、マミーの言うことはちゃんと聞かないとダ・メ・よ〜。
ピーチャム夫人　ぐずぐずしないの。
ポリー　いま行くわよ。だけどひと言……どうしてもひと言、言っておきたいの……ホントに……大事なことなの。
ピーチャム夫人　（ポリーの頰を張る）甘えてんじゃないよ。ぐずぐずしない。
ポリー　ああ、マック！　（連れていかれる）
マック　ルーシー、お見事。あの女もあわれな奴だ。だからつれなくするのもかわいそうでな。あいつの言ったこと、真に迫ってたもんな。そうだろう？
ルーシー　そ〜ね、本気にしちゃったわ。
マック　だけどさあ、それがほんとだったら、あいつの母親が俺をこんなひどい目に遭わせると思うかい？　これじゃ、痴漢扱いだ。婿だったら、こうはしない。
ルーシー　本心を打ち明けてくれてうれしいわ。あんたを愛してる。あんな女に取られるくらいなら、しばり首にした方がまし。変かしら？
マック　あ、いや、ルーシー、俺としては命拾いをしたいんだが。
ルーシー　いっしょにトンズラ、する？
マック　いいねえ。だけどな、ふたりじゃ隠れるのが大変だ。サツをうまくまいたら、すぐ迎えにくるよ。それも超特急でな。ほんとだぜ。

ルーシー　どうしたらいいの？
マック　帽子とステッキを持ってきてくれ。
（ルーシー、帽子とステッキを持って戻ってくると、独房の中のマックに投げ渡し、立ち去る）
スミス　（登場し、独房に近づき、マックに言う）こらっ、そのステッキをこっちによこせ。（スミス、椅子と鉄棒でマックを追いまわす。マック、独房から飛びだし、スミス、マックを追いかける）
（ブラウン、登場）
ブラウン　（ドアをそっとノックする音。ブラウンの声が聞こえる）おい、マック……マック、答えてくれ。ジャッキーだ。頼むから、返事をしてくれ。これ以上我慢できないんだ。（ブラウン、入ってくる）マック！　どうなってんだ。あいつ、まんまと逃げやがった。ありがたい！（ブラウン、独房の寝台に腰かける）
ピーチャム　おい、メッキースさんってのはおまえか？（ブラウン、黙っている）どうした。なんで黙ってんだい。おい、ありゃりゃ……なんだ、なんだ、牢屋にいるのは別人じゃないか。お尋ね者に会いにきたのに、そこにいるのは、なんとブラウンの旦那。タイガー・ブラウンが牢屋にいて、奴の親友メッキースは影も形もないときた。
ブラウン　（ため息をつく）ピーチャムさん、これは俺のせいじゃない。
ピーチャム　そりゃそうでしょうとも。なんでそんなことを言うんです。自分で自分の首をしめるはずがない。ありえないことです、ブラウンの旦那。
ブラウン　ピーチャムさん、もう呆然だよ。
ピーチャム　そうでしょうとも。みじめな気分のはず。

ブラウン　ああ、なんだか気力がなくなってしまった。みんな、好き勝手しやがって。サイテーだよ、サイテー。
ピーチャム　すこし横になったらどうです？　目を閉じて、なにもなかったことにするんですよ。ほら、きれいな緑の野原だ。白い雲が流れてる。そんな風に想像してみるんです。とにかくいやなことはきれいさっぱり忘れた方がいい。起こってしまったことも、これから起こることも、いやなことはなにも考えない方がいい。
ブラウン　（不安そうに）そりゃ、どういうことだ？
ピーチャム　旦那は根性ありますね。恐れず怯まず捉われず。あっしだったら、もうとっくの昔にダウンしてますよ。ベッドに潜りこんで、熱いお茶でもすすってるでしょうな。そしてだれかが額に手を当てて熱をはかってくれるのを黙って見ている。
ブラウン　ふざけるな。あいつが逃げたのは、俺のせいじゃない。警察だって万能じゃない。
ピーチャム　なるほど、警察は万能じゃない。聖域なき改革が必要ですな。まさかもうここでマックさんに会うことはないとでも。
（ブラウン、肩をすくめてみせる）
ピーチャム　では、適切に対処しましょう。「おお、警察がマックを取り逃がしていなければ」そう嘆くことになるでしょう。えーと、たしか、輝かしき戴冠式の行列はまだ済んでいませんでしたな。
ブラウン　なにがいいたい？
ピーチャム　昔の話がふと頭に浮かびましたよ。紀元前一四〇〇年のことですが、当時はずいぶん話題になった事件ですが、いまじゃあ知っている人もわずかでしょうなあ。ときのエジプト王ラムセス二世がお隠れになったとき、ニネヴェだったかカイロの警視総監が最下層の市民に無体なことをしたのです。その結果が目も当てられないひどいものでした。ものの本によりますと、ラムセスの後継者となったセミラミス女王の戴冠式のとき、最下層の市民は元気が有り余ってとんでもない粗相をしでかし、おかげで戴冠式の行列は大混乱。セミラミス女王は警視総監を、歴史家でも腰を抜かすほど恐ろしい目に合わしたそうですよ。どんな罰だったかはよく覚えてないんですが、たしか〜、胸をヘビに咬ませたような。[13]

ブラウン　本当か？

ピーチャム　ブラウンの旦那に神のご加護を。（退場）

ブラウン　こうなったら、鉄拳をふるうしかない。おい、巡査部長、捜査会議だ。みんなを招集しろ！

（幕）

## ナンバー15　第二の三文フィナーレ　生きる糧ってなんじゃらほい？

マック　お偉いさんは　行儀良くしろって　言うけどさ
悪いことはよくないって　忠告もする
だけどそこまで言うなら　まずは食いもの寄こせ
説教はそれからだ　そうすりゃ話を聞こう
自分たちばかり　うまい汁をすって

俺たちには　がまんしろだと
この世をうごかし　こねまわしたいのなら
まずは食いもの寄こせ　道徳　後まわし
おまんまの分け前　ちゃんとありつけりゃ
貧乏人だって　道徳の「ど」の字がわかる　かもな

**舞台裏から**

生きる糧ってなんじゃらほい？

**マック**

生きる糧ってなんじゃらほい？　そうだ　やっちまえ
殴るは　脱がすは　首をしめるは　食いつく　なんでもござれ
人間だってことを　忘れるようでなくっちゃ
人間にゃ　それっきゃ　生きる道が　ないってことさ　とほほ

**合唱**

お偉いさんよ　肝に　銘じる　ことだ
人間　てのは　悪事を　糧に　生きるのだ

**ピーチャム夫人**

お偉いさんよ　スカートめくるなって　言うのかい
色目を使うなって　言えた義理なのかい
それならちゃんと　食い扶持　こっちに寄こせ

説教はそれからだ　そうすりゃ話にのろう
あたしらには　恥を知れって言っといて
あんたら　ムラムラ　ドキドキかい
この世をうごかし　こねまわしたいのなら
まずは食いもの寄こせ　道徳　後まわし
おまんまの分け前　ちゃんとありつけりゃ
貧乏人だって　道徳の「ど」の字がわかる　かもね

舞台裏から
生きる糧ってなんじゃらほい？

ピーチャム夫人
生きる糧ってなんじゃらほい？　そうだ　やっちまえ
殴るは　脱がすは　首をしめるは　食いつく　なんでもござれ
人間だってことを　忘れるようでなくっちゃ
人間にゃ　それっきゃ　生きる道が　ないってことさ　とほほ

合唱
お偉いさんよ　肝に　銘じる　ことだ
人間　てのは　悪事を　糧に　生きるのだ

（幕）

# 第三幕

## 第七場

タイトル「その夜、ピーチャムは出発の準備をする。悲惨なデモ行進を決行することで戴冠式の邪魔をするつもりだ。」

ピーチャムの乞食衣装部屋。
乞食たち、小さなパネルにスローガンを書いている。たとえば「俺は王さまに目を捧げた」。

ピーチャム　諸君、中心街のドルリー＝レインから街はずれのターンブリッジまで、われらが十一の支店がこぞって立ちあがった。総勢一四三二人、プラカードを持って出る頃だ。諸君、いざ女王陛下の御許へ。

ピーチャム夫人　前進、前進！　働きたくないなら、乞食をやめな。あんた、目が見えないはずだろう？　王って字をまともに書いちゃだめじゃないの。子どもに書かせたみたいにするんだ。だめだよ、

これじゃ、大人の字だ。（太鼓を連打する音）

**乞食**　おっ、そろそろ戴冠式の衛兵たちが武器をかまえて出てくる頃合いだな。この名誉な日を俺たちがかきまわすってことも知らないで。

**フィルチ**　（入ってきて、報告する）あのう、寝不足のメンドリみたいな女どもが十人ばかり、やってきたっす、おかみさん。金をよこせって言ってまっせ。

（売春婦たち、登場）

**ジェニー**　おかみさん……。

**ピーチャム夫人**　どうしたのさ。止まり木から落っこちたみたいにひどいザマだね。メッキースをチクった駄賃が欲しいっての？　あいにくやれないね。いいかい、びた一文やれないよ。

**ジェニー**　どういうこと？

**ピーチャム夫人**　こんな真夜中に押しかけてくるなんて、あきれるね。朝の三時。堅気の家に来る時間？　あんたら、商売、大変だったんだろう。ぐっすり休んでから出直してきな。まったく腐った牛乳みたいな顔して。

**ジェニー**　そうかい、メッキースをチクった報酬は払えないって言うんだね？

**ピーチャム夫人**　そういうこと。そこいらのゴミでも漁ってかえりな。あんたらユダじゃない。裏切りの報酬にはありつけないのさ。

**ジェニー**　なんでなのさ？

**ピーチャム夫人**　わけは簡単よ。あの心が清らかなメッキースさんはね、またしてもトンズラしちまったのさ。だからだよ。わかったら、出ておいき。

ジェニー　ふざけんじゃないよ。あたしたちだって、黙ってないからね。いいかい、覚悟おし。

ピーチャム夫人　フィルチ、ご婦人方のお帰りだよ。

（フィルチ、女たちに近づく。ジェニー、フィルチを突きとばす）

ジェニー　口は禍の元。今に吠え面かいても……。

（ピーチャム、登場）

ピーチャム　何をぎゃあぎゃあ騒いでるんだ？　まさかこいつらに金をやったんじゃないだろうな。やあ、ご婦人方、メッキースさんは牢屋に入ってるか、入ってないか。どっちだね？

ジェニー　じゃかあしい。あんたのいうメッキースさんのことをつべこべ言う資格はないよ。今晩はさんざんさ。あのジェントルマンをあんたに売るなんて。早まったと思って枕を涙でぬらしたもんだから、お客に逃げられちまった。そうだよね、みんな。そしたら夜中に、なにがあったと思う？　泣き疲れて寝てから一時間もたたないうちに、外で口笛がしたんだ。通りにあの人が立っててね、鍵を放ってくれって言うじゃないか。あの人ね、あたしの腕に抱かれながら言ったよ。あたしのやったことは水に流してくれるってね。ロンドン広しと言えども、あんなジェントルマンはいないね。あたしの仲間のスーキー・トードリー(14)が今いっしょにいないのは、あの人がスーキーのこともそうやって慰めに行ったからさ。

ピーチャム　（独白）スーキー・トードリーのところか。

ジェニー　これで、あんたにあの人のことをつべこべ言う資格がないことはわかっただろ。あんたなんか卑しいサツの犬さ。

ピーチャム　フィルチ、急いで近くの交番に行け。メッキースはスーキー・トードリーのところにいる

って伝えるんだ。（フィルチ、退場）

ピーチャム　まあまあ、機嫌を直してくれないか。金は払う。当たり前のことだ。おい、シーリア、怒鳴るのはやめて、ご婦人方にコーヒーをいれてこい。

ピーチャム夫人　（退場しながら）スーキー・トードリーのところだって。やったね！

ピーチャム　おい、おまえら、ぐずぐずするな。俺が夜も寝ないで悩み、おまえらの貧乏を金に変える方法を編みださなかったら、今頃ターンブリッジで下水暮らししているところだぜ。だがいいか、俺はついにつきとめたんだ。この世を悲惨にしているのはな、持てる者たちなんだってな。しかしそのあいつらにも、悲惨を見る度胸がねえ。俺たちと同じ臆病者のド阿呆なのさ。あいつらときたら、死ぬまで食い物に困らないし、床をバターでぴかぴかに磨く。食卓から落ちたパンくずが脂ぎるほどだ。それがどうだ、腹をすかして倒れる奴を見ても見ぬふりだ。奴らの家の前でぶっ倒れてみせてもな。

（ピーチャム夫人、コーヒーカップをたくさん盆にのせてあらわれる）

ピーチャム夫人　あんたたち、あとで店に寄ってくれないかね。ちゃんと金を渡すから。だけど戴冠式のあとにしておくれ。

ピーチャム　ようし、整列しろ。一時間後にバッキンガム宮殿前に集合だ。さあ、行け。

（乞食たち、整列する）

フィルチ　（飛びこんでくる）マッポだ！　交番に行こうとしたら、あっちから来ちゃったよ。

ピーチャム　みんな、隠れろ。（ピーチャム夫人に）楽隊を連れて先に行け。そして、「おとなしい」って俺が言ったら、いいか、「おとなしい」って……。

ピーチャム夫人　「おとなしい」？　なんだい、それ？

ピーチャム　意味はわからなくてていい。とにかく俺が「おとなしい」って言ったら……。（ドンドンと戸口をたたく音）ありゃ、うまくいった。わかったか、「おとなしい」って言葉が合図だ。そしたらおまえら、音楽もどきの騒音を出すんだ。よし、行け！

（ピーチャム夫人、楽隊と退場。他の乞食たち、道具をかかえて上手奥の洋服掛けの裏に隠れる。「軍隊の横暴　許すまじ」と書いたプラカードを持った少女がひとり残る）

（ブラウンと警官たち、登場）

ブラウン　ようし、覚悟しろ、乞食同友会の社長。お縄にしろ、スミス。おっ、そこに、けっこうなプラカードがあるじゃないか。（少女のところへ）「軍隊の横暴　許すまじ」だと？　おまえに言えたぎりか。

ピーチャム　よく来てくれましたねえ、ブラウンの旦那。ちゃんと眠れましたか？

ブラウン　はあ？

ピーチャム　だから、よく来てくれましたって言ってんですよ、旦那。

ブラウン　俺に言ってんのか？　知り合いみたいな口、利きやがって。おまえと知り合いになった覚えはないぞ。

ピーチャム　ありゃ、ありませんでしたっけ。よく来てくれました、旦那。

ブラウン　こいつの帽子をはたき落とせ。（スミス、はたき落とす）

ピーチャム　ブラウンの旦那、お戯れを。いいですか、お戯れと言っておきましょう。ちょうどいい機会ですから、例のメッキースをぼちぼちとっつかまえてくださいな。

ブラウン　こいつ、おかしいんじゃないか？　笑うな、スミス。ロンドンきってのゴロツキが、どうしてこうのうのうとしていられるんだ？　おまえにわかるか、スミス？
ピーチャム　あんたのお友だちだからですよ、旦那。
ブラウン　だれのことを言ってるんだ？
ピーチャム　メッキー・メッサーですよ。わたしじゃあない。わたしは、お尋ね者でもなんでもない。ただの貧乏人ですよ、旦那。わたしに手を出すひまがあったら、ご自分の心配をなさい。人生最悪の時を迎えているのは旦那なんだから。コーヒーはいかがです？（売春婦たちに）おまえたち、警視総監殿に一杯さしあげないか。気が利かないな。まあ、仲良くやりましょうや。（二度目の太鼓の合図）そろそろ軍隊が行列を通すために人垣を作る時間ですな。貧乏人の中の貧乏人が行動を起こすまであと三十分。
ブラウン　そのとおりだ。貧乏人の中の貧乏人が行動を起こすまであと三十分。オールド・ベイリーの監獄に行進。そのまま冬ごもりしてもらう。（警官たちに）ようし、ここにいる連中をしょっぴけ。愛国者ぶってる連中を一人残らずだ。（乞食たちに）おまえたち、知ってるだろう。タイガー・ブラウンににらまれたらおしまいなんだよ。なあ、ピーチャム、今晩、妙案を思いついたんだ。マブだちを死の危険から救ったと言ってもいい。全員、ここから立ち退かせる。ここは立ち入り禁止だ。なんのかどにしようか。そうだ、路上で物乞いをしたかどだ。おまえは、今日、乞食どもを使って俺と女王陛下にふざけた真似をする気だったな。乞食どもを逮捕する。ザマをみろ。
ピーチャム　それはけっこうけだらけ。ところで、乞食ってどいつのことです？
ブラウン　ここにいる連中だよ。スミス、ただちにこの愛国者面した連中を連行しろ。
ピーチャム　旦那、早まったことしちゃいけませんよ。ありがたいことに、旦那はわたしのところに直接来てくれた。ここにいるのはわずか数人。どうぞしょっぴくんですな。しかし宮殿の前では手も足もでないでしょう。その数、数千人。しかもここにいる連中とはわけがちがう。ここの連中はおとなしい……。

（音楽、はじまる。ナンバー16のイントロ）

ブラウン　なんだ？

ピーチャム　音楽さ。いやあ、ずいぶん気合いが入ってますなあ。くたびれもうけの歌。ありゃ、ご存じない？　知っておくと、ためになりまっせ。

（ソングの照明。パネルには「くたびれもうけの歌」と書いてある）

ナンバー16　くたびれもうけの歌

ほう　人間　賢いって言うのかい
頭がいいなんて　うぬぼれさ
できるものなら　ほら　やってみな
頭にシラミが　たかるだけ

ほら　ほら　どんなに
気合い入れても　だめはだめ
見抜けるものなら　やってみな

おいらの　いかさまを

まあ　やるなら　とめないよ
立派になろうと　がんばるかい
ついでだ　もひとつ　計画たててみな
くたびれもうけさ　どうせね

ほら　ほら　どんなに
気合い入れても　だめはだめ
だけど　背伸びするなら　してみな
なかなか　けなげだね

幸せ　追うのは悪くない
だけどスピード出しすぎ　注意しな
みんなで競って追いかけ　気づけば
幸せ　遅れて　ついてくる

ほら　ほら　どんなに
欲をだそうが　だめはだめ

　　だから　努力なんてものは　みんな
　　しょせんは　気休めさ

**ピーチャム**　ほれ、スミスさん、縄をほどいてもらおうか。ブラウンの旦那、茶番はおしまい。いいですか、何千人もやってくるんだ。連中がずらっとウェストミンスター寺院の前に立ってごらんなさい。せっかくの祝典が台無しだ。顔面丹毒って病気をご存じですか。別名顔に咲くバラとも言うけど、そういう病気の奴らが百二十人集まったらいかがです？　若き女王陛下さま、バラの生活ならお気に召すでしょうが、顔に咲くバラではちょっとねえ。それから手足のない連中が寺院の入り口に殺到するでしょうな。これはやっぱりまずいでしょう、旦那。警察がわたしら貧乏人を片付けると、旦那は言うでしょうが、本気でそう信じてます？　戴冠式の記念に、六百人の手足のない哀れな連中を棍棒でなぐり倒すんですかい？　それは見物ですな。いや、目も当てられない。ぞっとする。きっと吐き気がするでしょうなあ。考えただけで、なんだかクラクラしてきた。ちょっと椅子にすわらせてくださいな。

**ブラウン**　（スミスに）脅す気だ。これはもう恐喝だ。こいつに屈するしかないのか。公共の秩序を守るために、こいつに屈するしかないのか。世も末だ。

**ピーチャム**　ええ、世も末なんですよ。いいですか。イギリスの女王陛下をどう敬おうとあんたの勝手だ。だけどね、ロンドン一の貧乏人を足蹴にするのだけはやめた方がいい。そんなことしたら、タイガー・ブラウンの旦那、あんた、自分の尾を踏むことになるよ。

**ブラウン**　メッキー・メッサーを逮捕しろって言うのか？　逮捕。言うのは簡単だが、まず居場所をつきとめないとな。
ピーチャム　それなら、言うことありませんや。あいつの居場所を教えてしんぜましょう。さあ、道理が立つか、義理が勝つか、見物、ですなあ。ジェニー、マックはどこにいるんだっけね？
ジェニー　オックスフォード通り二十一番地、スーキー・トードリーのところさ。
ブラウン　スミス、オックスフォード通り二十一番地、スーキー・トードリーのところに行って、メッキーを逮捕し、オールド・ベイリーの監獄に連れていけ。俺はそろそろ、礼服に着替えなくてはならん。今日は礼服を着なくちゃならんのだ。
ピーチャム　ブラウンの旦那、あいつが六時にしばり首にならなかった場合ですが……。
ブラウン　ああ、マック、すまん。（警官たちとともに退場）
ピーチャム　（後ろから怒鳴る）ざまみろ、ブラウン！　（三番目の太鼓の音）おっ、三番目の太鼓の合図だ。デモ行進の計画は変更。新しい行き先はオールド・ベイリーの監獄。さあ、行け。
（乞食たち、退場）

ナンバー16　つづき

まったく人間　ろくでもない
だから頭を　かちわってやる
頭を一発　張り飛ばせ　そうすりゃ
ちっとは　ましになる

ほら　ほら　どんなに
がんばろうが　だめはだめ
だから　頭を一発　張り飛ばせ
その方が　ずっと早道だ

（幕）
（ジェニー、手回しオルガンを押して幕の前にあらわれる）

ナンバー17　ソロモン・ソング(15)

ごらんよごらん　賢きソロモン
その末路　ご存じね
なんでもかんでも　見えちゃって
すべてが虚しいとわかったから
生まれてくるなり　文句ばかり
なんて偉大な賢者　かのソロモン
人生　たそがれでもないのに

だれもが知る　その末路
賢すぎちゃ　だめなのよ
賢くない奴　果報者

ごらんよ美しき　クレオパトラ
その末路　ご存じね
皇帝をふたりも　たらしこみ
ついにおのが命を絶つことになる
花は枯れはて　ちりとなる

美貌にものを言わせた　あの売女
人生　たそがれでもないのに
だれもが知る　その末路
美しすぎちゃ　だめなのよ
美しくない奴　果報者

ごらんよごらん　勇者シーザー
その末路　ご存じね
神を気取っては　みたけれど

あっさり殺され　あの世行き
飛ぶ鳥落とす　そのときに

「おまえもか　ブルータス！」
人生　たそがれでもないのに
だれもが知る　その末路
勇ましすぎちゃ　だめなのよ
勇ましくない奴　果報者

お次は　メッキース　そしてわたし
その末路　ご存じね
愛の虜に　なっちゃって
ついにドジを　踏んじゃった
あわれ　もうすぐ　しばり首

悪業　報いを受ける
人生　たそがれでもないのに
だれもが知る　その末路
愛しすぎちゃ　だめなのよ

愛を知らない奴　果報者

# 第八場

タイトル「金曜日の朝五時、メッキー・メッサーはまたしても売春宿にしけこみ、またしても売春婦たちに裏切られる。そして今度こそ処刑されることになる。」

ウェストミンスター寺院の鐘が鳴りひびく。警官たち、縄をかけたマックを牢屋に連れてくる。

（オーケストラ、葬送行進曲としてナンバー2を演奏する）

スミス　ここにぶちこんどけ。おっと、ウェストミンスター寺院の最初の鐘が鳴ってる。おとなしく頼むぜ。どうしたい、元気ないな。みじめなもんだ。（警官たちに）いいか、三度目の鐘が鳴ったら六時。こいつをしばり首にする。抜かりなく準備しておけ。

警官　そういや、このあたりの通りという通りが十五分前からあらゆる階層の野次馬で足の踏み場もありませんよ。

スミス　おかしいな。どうして処刑のことを知ってるんだ？

警官　このままだと、あと十五分もすればロンドンじゅうに知れ渡ってしまいますね。そうなったら、みんな、こっちに押しよせてきて、女王陛下は人っ子ひとりいない通りを行進することになりますよ。

スミス　だからサクサクやんなきゃならないんだ。六時に処刑を済ませれば、野次馬連中、七時までに戴冠式の行進に間に合うだろう。早くとりかかれ。
マック　おい、スミス、今、何時かな？
スミス　おまえ、目がついてんのか？　五時四分だよ。
マック　五時四分か。
（スミスが独房の扉を外から閉めているところに、ブラウンがやってくる）
ブラウン　（独房に背中を向けてスミスにたずねる）あいつはこの中か？
スミス　お会いになります？
ブラウン　いや、いい。あとはおまえに任せる。（退場）
マック　（突如として小声でマシンガントークをはじめる）あのさあ、スミス、俺、なにも言うことない。ワイロのことなんてこれっぽっちも言わないよ。わかってるって。あんた、ワイロを受けとったら、国外にずらからなくちゃならない。ずらかるしかないってことは、一生楽して暮らせるくらいもらわなきゃあわないよな。千ポンドはいる、ちがうか？　いや、なにも言わないでくれ。二十分したら、今日の昼までに、千ポンド払えるかどうか言おうじゃないか。お情けをくれって言ってんじゃないんだ。外でよーく考えるんだな。人生は短い。金はいくらあっても足りない。といっても金がうまく調達できるかどうかまだわからない。だから俺に会いたいって言う奴はみんな、中に入れてくれ。
スミス　（ゆっくりと）メッキースさん、あんた、そりゃ正気の沙汰じゃない。（退場）
マック　（フランソワ・ヴィヨン「友への手紙」を歌う。小さな声でテンポ早く）

ナンバー18　墓穴からの叫び⑯

この歌　聞こえたら　あわれんでくれ
野バラのしげみ　ブナの木陰
と思いきや　マックは墓の中！
神の怒りにふれ　このザマ
あいつの遺言　聞こえるか
おお　分厚い壁が　押し潰す
友よ　助ける気は　ないのか？
あいつが死んだら　乾杯するがいい
だけど　生きているんだ　助けにこい
いつまで　あいつを苦しめる？

（マサイアスとジェイコブ、廊下にあらわれる。メッキースのところに行こうとして、スミスに声をかけられる）

**スミス**　どうしたい、おまえら、ずいぶんげっそりしちゃって。

**マサイアス**　そりゃ、うちらの商売ハードだからね。馬車馬のように働かないとなんないんだ。それより、キャプテンと話がしたいんだけど。

（ふたり、マックのほうに行く）

マック　五時二十五分。ずいぶんのんびりしてたな。
ジェイコブ　だって……。
マック　だっても、くそもない。俺はしばり首になるんだぞ。おまえらをどやしつけてるひまはない。五時二十八分だ。うちの口座からいくら引きだせる？
マサイアス　口座から金を引きだす？　朝の五時だぜ。
ジェイコブ　そんなにせっぱ詰まってんのか？
マック　四百ポンド。なんとかなるか？
ジェイコブ　そりゃ、なんとかなるけど、そしたら、こちとらどうなる？　すっからかんになるじゃないか。
マック　しばり首になるのはおまえらか、俺か？
マサイアス　（興奮して）ずらかればよかったんだよ。なのにスーキー・トードリーのところに転がりこむなんて。ドジなのは俺たちかい、それともキャプテンかい？
マック　うるせえ。俺はもうすぐ別のところでおねんねだ。五時半。
ジェイコブ　それじゃ、なんとかしないとな、マサイアス。
スミス　ブラウンさんが、最期の食事に何が欲しいか聞いてるけどね。
マック　ちょっと静かにしてくれ。（マサイアスに）金を工面するのかしないのかはっきりしろ。（スミスに）アスパラガスをくれ。
マサイアス　そんなに怒鳴ることないだろう。
マック　怒鳴っちゃいない。ただ、その、あれだよ……マサイアス、おまえ、俺がしばり首になってもいいのか？
マサイアス　もち、いいわけないだろう。だれがいいなんて言った？　だけどなけなしの金なんだ、四百ポンドはな。それくらい言わせてくれよ。
マック　五時三十八分。
ジェイコブ　おい、ダッシュだ、マサイアス。手遅れになっちまう。
マサイアス　しかしあの人混み、通りぬけられるかね。
マック　六時五分前までにもどってこなかったら、お別れだ。（叫ぶ）お別れなんだからな！
スミス　あれ、もう行っちゃったよ。それで、目処は立ちそうかい？（たずねるような仕草をする）
マック　四百ポンドだ。
スミス　（肩をすくめる）
マック　（スミスの背中に声をかける）ブラウンと話がしたい。
スミス　（警官とやってくる）ロープに石けんをぬっておいたか？
警官　まあ、適当に。
スミス　十分で絞首台を立てられるか？
警官　だけど、落とし扉がうまく開かないんですよ。
スミス　なんとかしろ。二番目の鐘が鳴っちまった。
警官　無茶言ってるよ。

ナンバー18　墓穴からの叫び 二番

マック　（手紙の二番を歌う）
ほら　見ろ　みじめなもの
ほら　あいつは　土壇場だ
金を持つやつ　偉いなら
ほんとに一番偉いと言うなら
あいつに墓穴　掘らしていいのか
早く行ってこい　女王のもと
あいつのために　口添え頼む
だけど　あれもだめ　これもだめ
あいつは　首を長くして　待つしかねえ
いつまで　あいつを苦しめる？

（スミスと警官、アスパラガスをのせたテーブルを運んでくる）

スミス　アスパラは柔らかくゆであがってるか？
警官　はい！（退場）
ブラウン　（登場して、スミスに近寄る）スミス、あいつが俺に何の用だって？　おう、食事の用意をして俺を待っていたのか。ありがたい。さっそく独房に運んでいこう。そうすりゃ、俺がどんな気持ちかわかるだろう。（ふたり、テーブルを持って独房に入る。スミス、退場。間があく）やあ、マック。アスパラだ。すこし食ったらどうだ?
マック　ほっといてくれませんか、ブラウンの旦那。別れを惜しんでくれる奴は他にもいるんでね。
ブラウン　頼むよ、マック!
マック　清算をしましょう! 食べながらで失礼しますよ。食べおさめなんでね。(食べる)
ブラウン　ああ、食ってくれ。俺は焼いた鉄棒を突き刺された気分だ。
マック　清算しましょう、旦那。清算。おセンチになるなんて、柄じゃない。
ブラウン　(ため息をつきながら、ポケットから小さなメモ帳を取りだす)帳簿は持ってきたよ、マック。
これがこの半年の貸し借り表だ。
マック　(金切り声)なんだ、旦那はやっぱり、金欲しさで来たんですね。
ブラウン　そうじゃないことくらい、わかっているだろう。
マック　旦那に損はさせませんよ。で、借りはいくらなんです? ちゃんと請求書を出してくださいよ。
ここのところ疑り深くなっちゃって……旦那が一番よくご存知ですよね。
ブラウン　マック、そんな風に言わないでくれ。たまらないよ。
(背後でドンドンと叩く音が聞こえる)
スミス　よし、これでいい。
マック　清算しましょう、旦那。
ブラウン　仕方ない。どうしてもと言うなら、まずおまえたちの密告で殺人犯を逮捕したときの賞金。
政府から支払われたのは合計で……。
マック　一件四十ポンドで、三件だから百二十ポンド。その四分の一の三十ポンドが旦那の取り分。そうですね。
ブラウン　ああ、そうだ。しかしマック、おまえの最期が近いのにこんなことしてるなんて……。
マック　無駄口はたたかないでくださいな。三十ポンド。それからドーバーの一件で八ポンド。
ブラウン　なんでたったの八ポンドなんだ？　あれは……。
マック　つべこべ言わないでほしいね。この半年の旦那の取り分はしめて三十八ポンドですね。
ブラウン　（大声で泣きだす）ずっと、俺とおまえは……。
ふたり　あ〜と言えば、うんと言う仲だった。
マック　インドで三年、ジョンは戦友、ジムもいた。ロンドンで五年。これがその礼か？　（首をつられた格好をする）虫も殺さないこのメッキースがしばり首。友だちに足をすくわれるとはね。長いロープで首をくくられて、はじめててめえの尻の重さを知りましたってな。
ブラウン　マック、そこまで言うのか……メンツをつぶされちゃ黙っていられないぞ。
マック　おまえのメンツ？
ブラウン　そうだ、俺にだってメンツはある。スミス、始めるぞ。みんなを中に通せ。（メッキースに）許してくれ。
（人々、中に通される。ピーチャム、ピーチャム夫人、ポリー、ルーシー、売春婦たち、牧師、マサイアスとジェイコブ）
ジェニー　はじめあたしたちを入れてくれないって言ったんだよ。だから言ってやったんだ。どかないと、ただじゃおかないよってね。
ピーチャム　わたしは義理の父でしてな。ところで、ここにいるどなたがメッキース殿ですかな？

マック　（名乗りでる）俺がメッキースさ。

ピーチャム　（牢屋の前を通りぬけ、上手に立つ）メッキース殿、顔見知りでもないあんたが、わたしの義理の息子とは、なんたる運命のいたずらでしょうな。しかしはじめてお目にかかるにしちゃ、ちょっと悲しい状況ですな。

（ポリー、泣きながら牢屋の前を通り、上手に立つ）

マック　おい、ずいぶんおめかししてきたな。

（マサイアスとジェイコブ、泣きながら牢屋の前を通り、上手に立つ）

マック　金は持ってきたか？

マサイアス　それがだめだった。

マック　なんてこった。それで、おまえら、ちゃんといい場所をとったのか？

マサイアス　さすが、キャプテン、あんたなら、わかってくれると思ったよ。戴冠式なんて、めったにあることじゃないからね。稼げるときに稼がなくちゃね。みんな、よろしくって言ってたよ。

ジェイコブ　お悔やみ申しますってさ。

ピーチャム夫人　（牢屋の上手に立つ）メッキースさん、一週間前に烏賊ホテルでダンスをしましたっけねえ。まさかこんなことになるとは夢にも思いませんでしたよ。

マック　ああ、踊りましたっけ。

ピーチャム夫人　だけどこの世は一寸先も闇ですからねえ。

ブラウン　（後ろにいる牧師のところへ行って）こいつとは、アゼルバイジャンでの激戦でも肩を並べて戦ったんですよ。

ジェニー　（牢屋に近づいて）ターンブリッジのみんな、呆然としてるよ。みんな、戴冠式の行進には行かずに、あんたを見送るってさ。（上手に立つ）
マック　俺を見送る？
スミス　よ〜し、六時だ。（メッキースを独房から出す）
マック　みんなを待たしちゃいけないな。紳士淑女諸君、それではお別れといたしましょう。今日は来てくれてありがとう。ここにいる何人かとは親しくつきあわせてもらいました。ジェニーに密告されたのにはたまげましたが、これは世の習いというものでしょう。不幸な出来事が重なって、俺はこんな落ち目に。いや、いさぎよく落ちよう。

ナンバー19　墓碑銘　マックがみんなに赦しを請うバラード(17)

後の世に生きる　人の子よ
われらを　冷たく　あしらうなかれ
絞首台の露と消えようと　笑うまじ
汝ら　ひげに隠れて　いやしく笑うなかれ
われらの落ち度はわかった　認めよう　されど
この裁き　はたして　いかがなるものや
分別なきは　人の常なり　是非もなし
人の子よ　軽はずみなことはするでない

人の子よ　われらを教訓とするがよい
おお　わが神よ　われを許し給え

雨に打たれるわれら　しとどに濡れるわれら
肥え太りし　われらが肉　洗い清め給え
多くを見過ぎ　それでもまったく飽きたらぬ
欲望のまなざし　カラスよ　ついばむがよい
つるし首　さらし者　風にゆられて　右　左
浮かれて騒ぐか　死んだあとまでも
あれを見よ　腹をすかした鳥　来たりて
地面に転がる馬糞よろしく　ついばまれる　われ
そうだ　兄弟　われらは警告のしるしなり
おお　わが神よ　われを許し給え

女よ　おまえ　胸を　見せびらかしたいか
男漁りか　そこの　女
男よ　おまえ　色目を使いやがったな
女漁りか　そこの　男
ルンペン　売女　売女を買う奴

泥棒　強盗　宿無し　ギャング
殺し屋　通り魔　便所掃除の　女
頼むよ　あんた　ゴメン　見逃してくれったら

だけど　勘弁しないとさ　ポリの奴ら
毎朝　毎晩　餌にもありつけず
おいらはとにかく　腹ぺこ　口さみしいんだ
これじゃ　やってらんない　生きるのも　ままならない
末代までも　呪ってやりたい
だけど　今日のところは　見逃してやるぜ
争いはもう　これっきり　これっきりにしよう
だから　こっちも　頼むよ　見逃しておくれったら

ほうら　やつらの鼻面　ひっぱたけ
得物は　重い　金槌　ぶん殴れ
うらみ　つらみ　忘れてやるよ
だから　頼むぜ　俺のことも　許してね

スミス　さあ、来い、メッキース。

ピーチャム夫人　ポリー、ルーシー、夫の最期を見届けておやり。
マック　ふたりとも、悪いことしたな……。
スミス　（メッキースを連行して）進め。

ナンバー19a　絞首台への道

（全員下手の戸口から退場。この戸口は投影用のスクリーンと重なっている。一同、舞台の反対側からふたたび入ってくる。マックは絞首台の上に立っている）

ピーチャム
ご来場のみなさま　ついに大団円と相成りました
メッキー・メッサーはしばり首となります
なぜかといいますと　キリスト教の世界では
かような人物には容赦をしないからであります

しか～し　それはそれ
われわれも同じように振る舞うと思ったら大間違い
メッキー・メッサーはしばり首にならないのであります
われわれとしましては　別の結末をご用意したしだい

せめてこのオペラのなかでは
正義よりも恩赦がまかり通るところをご覧にいれたいのです
ですから　みなさんのご期待に応えて
ほうら　女王陛下の使者が馬を飛ばしてやってきました

（「馬に乗った使者、登場」と投影する）

ナンバー20　第三の三文フィナーレ

合唱
聞け　だれか来るぞ（リフレイン）
女王陛下の使者が来た（リフレイン）

ブラウン
戴冠式の記念に　女王陛下のお達しなるぞ
マック・メッサーなる罪人　ただちに恩赦と相成る
（一同、歓声を上げる）
なおこの場にて　メッキー・メッサーを貴族の列に加え
（歓声）
マーマレル城を与え

マック

毎年一万ポンドの年金を
死ぬまで与えよとの仰せなり
新婚のふたりには　末永く幸せにとの
女王陛下のありがたきお言葉を賜った

ポリー

助かった！　助かった！
俺にはわかっていたのさ　これは想定外　いやいや想定の範囲内

ピーチャム夫人

助かった　愛するマックが助かった　あたし　超ハッピー
これでなにもかも　めでたしめでたしね
こんな風にいつも陛下の使者が来てくれりゃ
あたしらの人生　楽ちんでいいんだけどね

ピーチャム

これでよしとしようじゃないか
さあ　貧乏人の中の貧乏人の賛美歌を歌おうではないか
その過酷な生活は今しがたお見せしたばかり
現実ではこううまくいかないけどね
陛下の使いが来ることなんてめったにありゃしない

踏みつけられた者がまただれかを踏みつける
だから悪を滅ぼそうとやっきになるのはやめたほうがいい
（次の歌詞を投影）

全員

（オルガンの伴奏で歌いながら舞台のそでに前進）
だから悪を滅ぼそうとやっきになるのはよそう
悪なんて　ほっとけばいずれ自滅するものさ
忘れるなかれ　この世は闇　冷たい世間
われらが世界　谷間に　悲しみ　木霊する

（終幕）

訳注

（1）ピーチャムは『乞食オペラ』から借用。ジョナサン、ジェルマイヤはそれぞれ『旧約聖書』中の預言者ヨナとエレミヤを指す。

（2）原書には欠けているので補っている。

（3）『乞食オペラ』から借用。

（4）一八八九年に開業したロンドンの高級ホテル。

（5）一九〇九年に開業したロンドンのデパート。

（6）イギリスの作家ラドヤード・キップリングの詩「スクリュー・ガンズ」のドイツ語訳から着想を得ているといわれている。

（7）原書では「カップ（cap）からクーチ・ビハール（Couch-Behar）」と表現されている。「カップ」はアフリカ大陸南端のケープタウンと解釈されることが多いが、底本のひとつにしたSuhrkamp BasisBibliothek版の注には「おそらくインド亜大陸南端のカップ・コモリン」（一六四頁）としている。本翻訳ではこれに拠って「インドの北南」と意訳した。

（8）ギリシア神話でレダとゼウスの子として生まれた兄弟神。ここでは不即不離であることの象徴。

（9）トロイアの王子とその妻。ふたりともトロイア戦争で非業の死を遂げる。カストルとポルックスのような象徴性はないため、ここでは教養をひけらかすマックが墓穴を掘っているという意味合いで理解できるのではないだろうか。

（10）十五世紀フランスの詩人フランソワ・ヴィヨンの詩「でぶマルゴのバラード」（『ヴィヨン全詩集』宮下志郎訳、国書刊行会、二〇二三年、一六九頁）から着想している。

（11）『新約聖書』「ルカによる福音書」第二十二章のペテロがイエスを裏切ってしまう故事による。

（12）ヴィヨンの詩「フラン・ゴンティエを駁する」から着想している。

(13)全体に古代エジプトの故事を語っているように見えるが、ニネヴェは古代アッシリア帝国の都、セミラミス女王は古代バビロニアの伝説上の女王、また「胸をヘビに咬ませた」のはエジプトの女王クレオパトラで、ピーチャムはでたらめをいっている。またそのことに気づかないブラウンの教養の欠落が暗示されている。
(14)『乞食オペラ』から借用。
(15)ヴィヨンの詩「二重のバラード」(『ヴィヨン全詩集』八八頁)を下敷にしている。
(16)ヴィヨンの「友人たちへの手紙のバラード」(『ヴィヨン全詩集』二〇六頁)から着想している。
(17)ヴィヨンの詩を下敷にしている。前半は「墓碑銘」(『ヴィヨン全詩集』一九四頁)から、後半は「お慈悲を乞うバラード」(『ヴィヨン全詩集』二〇一頁)から着想している。

# 訳者あとがき

ドイツの作家ベルトルト・ブレヒトの戯曲『セツアンの善人』と『三文オペラ』をお届けする。奇遇なことで、どちらも世田谷パブリックシアターからの依頼で翻訳に取り組んだものだ。『三文オペラ』は『音楽劇「三文オペラ」』として二〇〇七年に同劇場で上演された。主演は吉田栄作、演出は白井晃。『セツアンの善人』は二〇二四年十月／十一月にふたたび白井晃（現世田谷パブリックシアター芸術監督）の演出で公演する予定である。

今回の翻訳出版は同じ東宣出版から二〇二〇年に出た『アルトゥロ・ウイの興隆／コーカサスの白墨の輪』につづくブレヒト第二弾となる。『セツアンの善人』のほうはその表題のとおり「善人」が主題だ。もう一方の『三文オペラ』はロンドンを縄張りにするギャング、マックことメッキー・メッサーが主人公で、いわば「悪人」が主題だといえる。だが、劇中の「善人」は神々の掟に従った善人ではありつづけられないし、「悪人」もただ「悪」に染まっているだけとはいいがたい。ブレヒトが考える善と悪をふたつの戯曲を通してぶつけあうことで、なにが見えてくるか考えたくて、あえてこのふたつの戯曲で合本にしてみた。

○ブレヒトについて

ブレヒトは一八九八年、ドイツ南部のアウクスブルクに生まれ、ミュンヒェン大学でドイツ文学を専攻後、劇作家、詩人として活躍した。

ブレヒトの創作期間は大きく三期にわかれると考えている。第一期（ベルリン時代）は一九三三年、ナチが権力掌握するまで。一九二八年にベルリンで初演された『三文オペラ』はこの時期の代表作だ。ナチの権力掌握後は第二期（亡命時代）に入る。ブレヒトはプラハ、ウィーン、チューリヒを経由してデンマークに居を構え、第二次世界大戦前夜の一九三九年四月にはスウェーデンに移り、ナチ・ドイツがデンマーク、ノルウェーに侵攻した一九四〇年四月、さらにフィンランドのヘルシンキに逃れ、その後一九四一年にはソ連を経由してアメリカ合衆国へ渡る。亡命生活の最中でも創作活動は旺盛で、『アルトゥロ・ウイの興隆』『コーカサスの白墨の輪』、そして本書に収録した『セツアンの善人』がこの時期に完成した。

しかし一九四五年に第二次世界大戦が終結すると、今度はアメリカで赤狩りがはじまり、一九四七年十月、ブレヒトは下院非米活動委員会の審問を受けることになる。審問の翌日にはアメリカを去り、スイスのチューリヒに一年滞在したのち、一九五六年に亡くなるまで東ベルリンを拠点にし、そのあいだに自身の演劇理論（叙事的演劇）を実践する場として劇団ベルリーナー・アンサンブルを設立している（第三期）。

○『セツアンの善人』について

原題は *Der gute Mensch von Sezuan*。Sezuan は中国の四川の古いドイツ語表記で、ドイツ語の発音ではゼツアンだが、邦訳ではセツアン、セチュアン、ゼチュアンなど表記揺れがある。本書では、世田谷パブリックシアターでこの戯曲を演出する白井晃の演出意図に合わせてセツアンとした。Sezuan は中国の四川を指すと記したが、劇中のセツアンはあくまで「半ば西欧化した」架空の都市として設定されている。それでもブレヒトの念頭に当時の中国があったことはまちがいない。では中国のいつ頃を想定しているのだろう。狂言回しのような役どころのワンが水売りで、主人公シェン・テの恋人ヤン・スンが飛行機乗りという点を考えると、物語世界には前近代と近代が同居している。物語内の時代をある程度特定するヒントになるのは「郵便飛行士」だろう。ヤン・スンは北京で飛行学校に通ったことになっている。北京には一九一三年に中国史上初の飛行学校「南苑航空学校」が創設されている。一九一一年から一二年にかけての辛亥革命で清国が滅亡したばかりで、南苑航空学校は当時北京を拠点に、一九一三年から一九二八年まで存在した北洋政府によって開校された。この物語で想定されるのは一九一〇年代から第二次世界大戦勃発までの中国ということになるだろう。

一方、ブレヒト自身は一九三〇年代から中国文化に強い関心を寄せていた。一九三五年にはモスクワで行われた演劇人会議で京劇の名優、梅蘭芳（メイ・ランファン）に会い、それに刺激されて「中国の俳優術についての注釈」という論考を書いているし、古代中国の思想家墨子を指すメ・ティを語り手とした『転換の書：メ・ティ』（邦訳は績文堂出版）という書も著している。戯曲でも『コーカサスの白墨の輪』ではブレヒト自身、「裁きが下されるという題材は、中国の戯曲『灰闌記』から採った」と冒頭で明記しているし、古い中国（シナ）を舞台にした『トゥーランドット姫または三百代言の学者会議』（一九五三年）という作品もある。

『セツアンの善人』についても、その原案は一九三〇年頃まで溯るといわれている。戯曲冒頭の注記には「一九三八年にデンマークで書きはじめ、一九四〇年にスウェーデンで書き上げた」とあるものの、『ブレヒト作業日誌　1938–1942』（河出書房新社）によれば、実際の執筆は一九三九年五月聖霊降誕祭からはじまっている。一九三九年五月の項に『セツアンの善人』について「あれこれと思案する」とあり、「セメント工場のある中国の裏街などを考えてみた。そこにはまだ神もいるが、すでに飛行機もある。恋人役は失業した飛行士にしようか」と記されている。そして一九四一年一月二十五日の項には、『セツアンの善人』の「仕事がのびのびになってしまった。まずはこの仕事を終わらせよう。この脚本はとても長いから、詩的なもの、詩や歌を幾つか加えるつもりだ」と記され、翌日の項に本書では「煙の歌」「八頭目の象の歌」「雲に乗って消える神々の三重唱」と訳した作中のソングを作ったとしている。したがって執筆時期は一九三九年五月から一九四一年一月までとみていいだろう。

○善人について

「半ば西欧化した」架空の都市が舞台となって、文化的に西洋と東洋が拮抗しているのと同じように、この作品では思想のレベルでも西洋と東洋が対比されて、最終的には西洋から発するキリスト教に疑問が呈され、キリスト教（プロテスタント）の教義が発展させたとされている資本主義（マックス・ウェーバー『プロテスタンティズムの倫理と資本主義の精神』参照）の問題点にも矛先が向けられる。

『セツアンの善人』という戯曲は「寓意」と謳われている。『大辞泉』によれば、「寓意」は「ある意味を、直接には表さず、別の物事に託して表すこと」とある。その意味では序幕で言及される洪水は『旧約聖書』中の「ノアの方舟」を指すといえるし、セツアンの都は『旧約聖書』中のソドムとゴモラ（本文六十六頁の韻文参照）を連想させる。三柱の神も、キリスト教における父（神）と子（キリスト）と聖霊を、一つの神が三つの姿となってあらわれたものとする考え方（三位一体）を想起させるし、「厄日の歌」は『新約聖書』「ヨハネの黙示録」における「最後の審判」のパロディと言えそうだ。戯曲の後半で言及される「隣人愛」もキリスト教における中心概念だ。『新約聖書』「マタイによる福音書」

（第二十二章第三十九節）には「イエスは、神を愛することとともに、この隣人への愛こそもっともたいせつな戒めだと教えた」とある。それに善人であるシェン・テを娼婦にしている点も、同福音書（第二十一章三十一節）の「徴税人や娼婦たちのほうが、あなたがたより先に神の国に入る」という一節を思いださせる。

だが善人たらんとして、困っている人に食べものを分け与え、住む場所を提供しても、シェン・テは思わぬところから難題をふっかけられて八方塞がりとなる。思いあまったシェン・テは従兄のシュイ・タに変身し、冷徹な言動をするようになる。優しいシェン・テと冷酷なシュイ・タの一人二役がこの戯曲のキモと言える。

シェン・テがシュイ・タに変身してから歌う「無力な神と善人の歌」がその心情をよく表しているだろう。「善人は／自分を救えないし　神々も無力」「神の掟は／貧しさの救いに　ならない」「我慢の限界」といった言葉が並ぶ。

キリスト教的な「善人」の限界はまた、「博愛」に相当する古代中国の思想家墨子の概念「兼愛」をぶつけることで鮮明になる。シェン・テはヤン・スンに愛情を抱き、子を身ごもることで、自己犠牲を求める「隣人愛」とは相容れなくなる。この戯曲が戦時下、それもキリスト教国が引き金を引いた世界大戦の真っ最中に書きあげられたことを考えれば、ブレヒトが平和主義、博愛主義を説く墨子に注目したことの思いの深さを感じずにいられない。

○叙事的演劇について

ブレヒトは叙事的演劇という演劇理論の提唱でつとに知られている。感情移入によって観客を舞台上の出来事に巻き込み、さまざまな感情を引き起こさせる従来のヨーロッパ演劇に対して、叙事的演劇では観客を観察者にし、舞台上の出来事に対して判断を下させることをめざす。その具体的な手法のひとつは、役者が舞台上で出来事を見せるだけでなく、出来事を語り、説明する点だ。このことに関して、『セツアンの善人』はブレヒトの演劇の中でもとくに叙事的演劇を代表する作品に仕上がっているといえるだろう。具体的には、ワンやシェン・テなどが観客に向かって語りかけて、あえて演技を保留したり、中断したりするところだ。舞台上の人物を無視して観客に語りかけるところには「観客に向かって」といったト書きがあり、その数は全部で二十六個所に及び、シェン・テだけでも十八個所に達する。しかも観客に語りかける台詞は韻文であることが多く、舞台上で繰り広げられる台詞（散文）との差異化も意識されている。

また台詞に韻文やソングが挿入されるのも、異化作用として、舞台上の出来事の中断に寄与している。ソングの挿入は本書に併載した『三文オペラ』でも多用されているが、『セツアンの善人』のほうが「雨降る中の水売りの歌」「無力な神と善人の歌」「八頭目の象の歌」などキリスト教や資本主義に対する作者の疑義がはっきりと聴きとれる歌詞が多い。

○『三文オペラ』について

原題は *Die Dreigroschenoper*。すでに言及したように、世田谷パブリックシアターの依頼（二〇〇七年公演）で翻訳した。この上演のドキュメントとして同年、長崎出版から出版された。だが長崎出版が倒産したため、二〇一六年以後は、グーテンベルク21から電子書籍版が出ている。

今回は初訳から十七年も経ていること、また当時の翻訳には白井晃の演出意図に沿ったところもあったし、いわゆる役者のための当て書きもあったので、今回、全面的に訳文を見直し、もっと普遍的な訳文になるよう心がけた。

といっても、長崎出版版と同じで、底本は初演当時の空気を色濃く残す一九二八年の初版を使用した。ブレヒトは『三文オペラ』を何度も改作し、場面やソングの追加、改変を行っている。

したがって初版と、現在公演でよく使われる一九三二年版のあいだにはいくつかの違いが生まれている。一九三二年版では、ピーチャム夫人がジェニーにマックを裏切るようそそのかす幕間（ソング「セックスの虜のバラード」を含む）や、マックをめぐってポリーとルーシーが会話する「所有をめぐるつばぜり合い」が追加され、初版の全八場から全九場になっているところだろう。

またソングの既存の歌詞にも改変が施されている。典型的なのはマックとジェニーのデュエットであるナンバー12「ジゴロのバラード」だろう。これはふたりがかつていっしょに暮らしていたことを明かす内容の歌詞で、初版ではメッキーのパートの一番とジェニーのパートの二番で構成されているが、一九三二年版ではふたりが交互に歌う三番が追加され、ジェニーがふたりのあいだにできた子を流産したという設定が加えられている。初版ではジェニーがマックを裏切る動機は金銭だけだが、一九三二年版ではふたりの愛憎劇が強調されることになる。

この点からもわかるように改変の特徴は、筋立てが荒削りだった初版に対して、登場人物たちの行動の動機付けをはっきりさせていることにある。この改変で物語はよりわかりやすくなった。

しかし改変箇所を仔細に見ていくと、もうすこし違った意図が働いていたことも見えてくる。たとえば、マックが高飛びするとき、初版ではポリーにこう語っている。

「言ったとおりにしてくれ。二週間くらいで、盗んだ物を金にする。そしたらジャッキーのところに行って、この帳簿を渡すんだ。四週間もすればクズどもは監獄行きさ」

これが一九三二年版では次のように書き換えられている。

「儲けは、これからずっと、マンチェスターのジャック・プール銀行へ送金すること。ここだけの話だが、実は数週間のうちに、俺は銀行家に鞍替えするつもりなんだ。そのほうが安全だし、実入りもいい。だから二週間以内には、いまの商売からお金を引き揚げておかなければならない。それが済んだら、ブラウンのところへ行って、警察にこの子分リストを引き渡すんだ。四週間もしないうちに、こいつら人間のクズどもは、オールドベイリーの監獄にオサラバってわけだ」(谷川道子訳、光文社古典新訳文庫)

大きな改変は、マックが「銀行家に鞍替えするつもり」だという点だろう。マックは金儲けの手段を非合法のギャング稼業から合法的な銀行業に変える意図があったとされているのだ。こうして合法、非合法にかかわらず、金で社会を動かす行為がやり玉にあげられることになる。いわば『セツアンの善人』と同じように、一九三二年版では資本主義批判が強く押しだされているということだ。

ブレヒトはなぜ一九三二年版でこのように改変したのだろう。これは憶測だが、一九二八年の初演からおよそ一年後の一九二九年十月に「世界大恐慌」が起きる。アメリカの株価の大暴落に端を発した経済危機は、ドイツにも波及し、銀行や有力企業が次々倒産した。ドイツの失業率は四十パーセントを越えた。この大量の失業者が既成の政党に絶望し、新興政党であるナチ党の支持にまわったといわれている。その結果は一九三三年のナチ党による政権掌握に結びつく。またそうした社会の趨勢だけでなく、一九三〇年にはブレヒトのオペラ『マハゴニー市の興亡』の初演がナチ党によって妨害されるという実害もあった。ナチ党の政権掌握の前夜である一九三二年、ブレヒトにははっきりとした敵が見えていたのではないだろうか。一方、一九二八年の初版ではまだ社会のひずみに対する曖昧模糊とした怒りしか見えてこない。だが曖昧模糊としているからこそ、その怒りは実際の演出でさまざまに改変しうる余地があると言える。それが初版の『三文オペラ』を推す理由だ。ちなみに二〇〇七年からベルリーナー・アンサンブルではロバート・ウィルソン演出による『三文オペラ』が公演されているが、これも台本は初版に基づいている。

○悪人について

さて『セツアンの善人』では「善人」がテーマであるのに対して、『三文オペラ』では「悪人」が主人公であることはすでに冒頭で指摘したとおりだ。

だがこの悪人＝メッキー・メッサーも、シェン・テが善人たらんとしても、キリスト教的な意味で善人になりきれないのと同様に、悪人であるのに、はっきり極悪人と呼びきれないところがある。

序幕の「大道歌」で歌われる内容でさえ、よく考えるとあくまで流言であり、メッキーが本当にやったことかどうか不明だ。

第二幕第四場の冒頭で、ポリーが山ほど嫌疑がかけられていると告げたときのマックの反応もあまりにのんきだ。商人殺人事件が二件、強盗事件が三十件、追いはぎ事件が二十三件と列挙したポリーが「未成年の修道女をふたり、たぶらかしたなんて、ひどいじゃない」と言うと、マックは「あいつら、もう二十歳を過ぎてるって言ったんだ」とうそぶく。

キリスト教世界では、「悪」を問題にするとき「原罪」を無視することができない。『大辞泉』によれば「キリスト教で、人類が最初に犯した罪。アダムとイブが禁断の木の実を口にし、神の命令に背いた罪。アダムの子孫である人類はこの罪を負うとされる」とある。有名な失楽園のエピソードに絡むわけだが、重要な点はこの考え方ではすべての人間は神の前で「罪人」だということだ。そしてもうひとつは、禁断の木の実だ。アダムとイブが口にしたのは善悪の知識の木の実であり、人間は善悪を知ることになる。だがこれは単に知るだけでなく、善悪のどちらを選択するかという「自由」の問題にもつながると言えるだろう。善悪と自由の選択は不即不離だ。

そう考えると、神の前ではマックはすべての人間を代表する存在であり、限りなく自由であるからこそ、他の人間から忌避され、「悪人」と映る存在とも言えそうだ。マックは最後の場面で処刑されることになるが、ここは罪人として磔になるイエス・キリストのイメージとも重なる。キリストに対しては自分の死を通して人間すべての罪をあがなったとされる贖罪信仰（パウロによる『コリントの信徒への手紙一』参照）があるが、それを地でいくようにマックも戴冠した女王から恩赦を受け、すべての罪から解放される。

もちろんこれはナチ独裁がはじまる前のブレヒトの「悪」のイメージだ。『セツアンの善人』を執筆した頃はナチの暴力と野蛮は猖獗を極め、ドイツ国内にとどまらず、世界中に戦禍を広げていた。そのナチの頂点に君臨したヒトラーはまさしく「悪の権化」と言える。マックの「悪」は行為にあった。というか、まわりが思い込んでいる虚構の「悪」、つまり「嘘」までも自分の力にしていた。マックの「悪」はあくまでも自分が力を持つための手段だった。だがヒトラーにいたると、その「悪」はどうなっただろう。ヒトラーは力そのものを手段ではなく、目的にしていた。一九三四年に製作されたナチ党大会のドキュメンタリー映画のタイトル『意志の勝利』がそれをよく物語っている。意志による勝利ではないのだ。これがその後の大量殺戮を技術と工業の複合体として計画的に組織し、即物的に管理運営できた理由でもあると思う。『セツアンの善人』は一九二〇年代には想像できなかった新たな「悪」の姿を見た先に「善」の可能性と限界を模索した作品だとも言えるだろう。

○音楽劇ということ

ブレヒトの劇では音楽が重要な要素になっている。

ブレヒトは一九二四年にはすでにオペラの構想を温めていた。タイトルは『マハゴニー・オペラ』。

この構想はのちにオペラ『マハゴニー市の興亡』(一九三〇年初演)に結実するが、そもそもオペラを構想するきっかけはブレヒトの妻マリアンネ・ツォフがオペラ歌手だったことと無縁ではない。

またブレヒトはシンガーソングライターという顔も持っていて、一九一八年には『ベルト・ブレヒトと友だちによるギター用歌曲集』を作っている。ブレヒトが戯曲作家として頭角をあらわす過程で音楽を取り入れたのは自然な流れだっただろう。だが演劇では、台詞にもメロディーをつけるオペラやミュージカルと違い、舞台の進行と必ずしもシンクロせず、モンタージュの手法に似た使い方でときに異化効果を発揮する歌(ソング)を挿入した音楽劇(ジングシュピール)が主流になる。

ブレヒトの歌詞に曲をつけた代表的な作曲家にはクルト・ヴァイル(一九〇〇—一九五〇年)、ハンス・アイスラー(一八九八—一九六二年)、パウル・デッサウ(一八九四—一九七九年)がいる。

クルト・ヴァイルとブレヒトのコンビでもっとも有名な作品は『三文オペラ』(一九二八年初演)だが、はじめてコンビを組んだのは一九二七年の歌芝居(ジングシュピール)『マハゴニー』で、その後もラジオのためのカンタータ『ベルリン・レクイエム』(一九二八年)、『マハゴニー市の興亡』、歌付バレエ『七つの大罪』(一九三三年)などがある。

ハンス・アイスラーはアルノルト・シェーンベルクに師事した作曲家で、一九二〇年代の労働者合唱運動に関わったことがきっかけで、ブレヒトとも仕事をするようになった。『処置』(一九三〇年)や『母』(一九三一年)の合唱曲を作曲した。クルト・ヴァイルと同様にハンス・アイスラーもユダヤ人であったことから、ナチ党の台頭とともに亡命生活に入り、ブレヒトとの縁はなくなる。

その後、アメリカに亡命したブレヒトが現地で知己を得たのが、パウル・デッサウだった。彼はブレヒトの亡命期(第二期)から東ドイツ時代(第三期)に成立した劇に曲をつけている。主な作品を作曲年順に列記すると左記のとおりだ。

一九三八年『九十九パーセント』（のちに『第三帝国の恐怖と貧困』と改題）
一九四六年『肝っ玉おっ母とその子どもたち』
一九四七年『セツアンの善人』
一九四九年『プンティラ旦那と下男マッティ』
一九五一年『男は男だ』
一九五三年『コーカサスの白墨の輪』

二〇二四年七月

酒寄進一

## 『セツアンの善人』および『三文オペラ』関連年譜

一八九八年　南ドイツのアウクスブルクでベルトルト・ブレヒト誕生。
一九二二年　『夜打つ太鼓』（ミュンヘン）でクライスト賞を受賞。
一九二四年　ベルリンでドイツ座の文芸部員になる。
一九二七年　エリーザベト・ハウプトマンがジョン・ゲイの『乞食オペラ』をドイツ語に翻訳。
一九二八年　『乞食オペラ』を改作した『三文オペラ』初演（エーリヒ・エンゲル演出、シッフバウアーダム劇場、ベルリン）。『三文オペラ』初版（ウニヴェルザール・エディツィオーン社）。
一九三〇年　『三文オペラ』初録音（テレフンケン社）テオ・マッケベン指揮。
一九三一年　『三文オペラ』初映画化（ゲオルク・ヴィルヘルム・パープスト監督）。
一九三二年　『三文オペラ』台本、『試み3』として出版（一九三二年版）。

東京演劇集団による改作『乞食芝居』（土方與志演出、新歌舞伎座）。
武田麟太郎『日本三文オペラ』（『中央公論』）発表。
一九三三年　ブレヒト、ヴァイル共にナチ体制下のドイツから国外逃亡。デンマークのスヴェンボルに移住。『三文オペラ』、ドイツで上演禁止。『三文オペラ』初版、焚書にあう。
ブロードウェイ初演（エンパイア劇場）、公演回数十二回で中断。
一九三八年　ナチによる「退廃音楽展」（デュッセルドルフ）で『三文オペラ』の楽曲、演奏中止。『三文オペラ』、『ブレヒト全集』第一巻（マリク出版、ロンドン）に収録。
一九三九年　当初『愛という商品』のタイトルで『セツアンの善人』執筆に着手。
スウェーデンへ亡命。
一九四〇年　『セツアンの善人』執筆開始。
フィンランドのヘルシンキに移住。
一九四一年　『セツアンの善人』完成。
アメリカに移住。
一九四三年　『セツアンの善人』スイスで初演。

一九四五年　『三文オペラ』の戦後初のドイツ公演（ヘッベル劇場、ベルリン）。
一九四七年　非米活動査問委員会の審問を受けたのち、スイスのチューリヒに脱出。
一九四八年　東ベルリンに居を構える。
一九四九年　劇団ベルリーナー・アンサンブル結成。
一九五〇年　ヴァイル、ニューヨークで死去（四月三日）。
一九五二年　『セツアンの善人』ドイツで初演（フランクフルト市立劇場）。
一九五三年　『セツアンの善人』台本、『試み12』として出版。
一九五四年　オフ・ブロードウェイで『三文オペラ』（デ・リース劇場）が大ヒット（公演回数二七〇七回）。
一九五五年　ルイ・アームストロング、『三文オペラ』のソング「大道歌」を「マック・ザ・ナイフ」としてカバーする。
一九五六年　ブレヒト、ドイツで死去（八月十四日）。
一九五八年　劇団ベルリーナー・アンサンブルによる『セツアンの善人』初演。
一九五九年　開高健『日本三文オペラ』（文藝春秋新社）。
一九六一年　『三文オペラ』邦訳出版（千田是也訳、岩波書店）。
劇団俳優座による『セチュアンの善人』（小沢栄太郎演出）。
一九六二年　劇団俳優座による『三文オペラ』（千田是也演出）。
一九七四年　『セチュアンの善人』（関きよし演出、池袋小劇場）。
一九七七年　『三文オペラ』（蜷川幸雄演出、帝国劇場）。
一九七八年　劇団青年座による『セチュアンの善人』（小沢栄太郎演出、紀伊國屋ホール）。
一九八六年　劇団俳優座による『セツアンの善人』（千田是也演出、俳優座劇場）。
一九八九年　劇団俳優座による『セツアンの善人』（千田是也演出、銀座セゾン劇場）。
ブレヒトの会による『三文オペラ』（岩淵達治演出）。
『黒テント版三文オペラ』（佐藤信演出）。
一九九三年　ヴァイルの生地デッサウ（ドイツ）でクルト・ヴァイル祭はじまる。
『阿呆劇三文オペラ』（串田和美演出、シアターコクーン）。
一九九五年　『セチュアンの善人』邦訳出版（千田是也訳、

『ブレヒト戯曲選集第3巻』、白水社所収)。

一九九八年　東京演劇アンサンブルによる『セチュアンの善人』(広渡常敏演出、シアタートラム)。

劇団大阪による『セチュアンの善人』(堀江ひろゆき演出、近鉄小劇場)。

『三文オペラ』邦訳出版（岩淵達治訳、『ブレヒト戯曲全集』第2巻、未来社収録)。

一九九九年　『ゼチュアンの善人』邦訳出版（岩淵達治訳、『ブレヒト戯曲全集』第5巻、未来社収録)。

『セツアンの善人』(串田和美演出、新国立劇場)。

二〇〇〇年　『三文オペラ』の楽譜出版（一九二八年初演当時に復元)。

二〇〇四年　『三文オペラ』初版の復刊（ズアカンプ社)。

二〇〇六年　ブロードウェイにて『三文オペラ』公演（スタジオ54)。

二〇〇七年　ベルリーナー・アンサンブル、『三文オペラ』再演（ロバート・ウィルソン演出、シッフバウアーダム劇場、ベルリン)。

『音楽劇三文オペラ』(白井晃演出、世田谷パブリックシアター)。

二〇〇九年　『セチュアンの善人』邦訳出版（市川明訳、『ブレヒト　テクストと音楽―上演台本集』花伝社所収)。

『音楽劇三文オペラ』(宮本亜門演出、シアターコクーン)。

二〇一四年　『三文オペラ』邦訳出版（谷川道子訳、光文社古典新訳文庫)。

『三文オペラ』(宮田慶子演出、新国立劇場)。

二〇一五年　『セツアンの善人』(串田和美演出、新国立劇場)。

二〇一八年　『三文オペラ』(谷賢一演出、ＫＡＡＴ神奈川芸術劇場)。

『野外劇　三文オペラ』(ジョルジオ・バルベリオ・コルセッティ演出、東京芸術祭ほか)。

『三文オペラ』邦訳出版（大岡淳訳、共和国)。

二〇二二年　『てなもんや三文オペラ』(鄭義信演出、パルコ)。

二〇二三年　清流劇場による『セチュアンの善人』(田中孝弥演出、一心寺シアター倶楽)。

二〇二四年　劇団俳優座による『セチュアンの善人』(田中壮太郎演出、俳優座劇場) 予定（二〇二四年八月現在)。

『セツアンの善人』(白井晃演出、世田谷パブリックシアター）予定（二〇二四年八月現在)。

［著者紹介］
1898年生まれ。ドイツの劇作家、詩人。「叙事的演劇」を提唱して、劇団「ベルリーナー・アンサンブル」を創設し、20世紀の演劇に大きな足跡を残す。1956年心筋梗塞のためベルリンで死去。代表作に本書収録作のほか『マハゴニー市の興亡』『肝っ玉お母とその子どもたち』『ガリレイの生涯』などがある。

［訳者紹介］
1958年生まれ。ドイツ文学翻訳家、和光大学教授。シーラッハ『犯罪』で2012年本屋大賞「翻訳小説部門」第一位を受賞。主な訳書にゲーテ『若きウェルテルの悩み』、ヴェデキント『春のめざめ』、コルドン『ベルリン1919　赤い水兵』などがある。ブレヒトの翻訳はほかに『マハゴニー市の興亡』『アルトゥロ・ウイの興隆』『コーカサスの白墨の輪』がある。

セツアンの善人／三文オペラ

2024年9月18日　第1刷発行

著者
ベルトルト・ブレヒト

訳者
酒寄進一（さかよりしんいち）

発行者
田邊紀美恵

発行所
有限会社 東宣出版
東京都千代田区神田神保町2－44　郵便番号101－0051
電話（03）3263－0997

ブックデザイン
塙浩孝（ハナワアンドサンズ）

印刷所
株式会社 エーヴィスシステムズ

乱丁・落丁本は、小社までご送付ください。送料小社負担にてお取り替えいたします。

ISBN978-4-88588-113-8　C0097

# アルトゥロ・ウイの興隆／コーカサスの白墨の輪

ベルトルト・ブレヒト

酒寄進一訳

白井晃×酒寄進一、ブレヒト第1弾――ブレヒト亡命時代の2作品、新訳！

ヒトラーが独裁者として成り上がっていく過程を、シカゴのギャングの世界に置きかえて描き、ポピュリズムへの警鐘を鳴らした「アルトゥロ・ウイの興隆」。血のつながりもない子を必死で育てる娘グルーシェの姿と、にわか裁判官アズダクによる大岡裁きを通し、戦争で荒廃した人々の心の再生（対立の和解）を謳った「コーカサスの白墨の輪」。亡命時代に書かれ、ともに時代と切り結んだブレヒトを象徴する2作品を収録。

四六判・277頁・定価2200円＋税